狗勇士
甜心
Sweet

SURVIVORS

狗勇士

甜心
Sweet

荒野犬

特殊技能： 機動攻擊

性格： 機智、服從

特徵： 動作敏捷的快腿犬

領導力： ★★★★

狩獵力： ★★★★

防禦力： ★★★½

攻擊力： ★★★½

晨星出版

SURVIVORS 首部曲之 VI

狗勇士

風暴來襲

STORM OF DOGS

艾琳・杭特◎著 盧相如◎譯

晨星出版

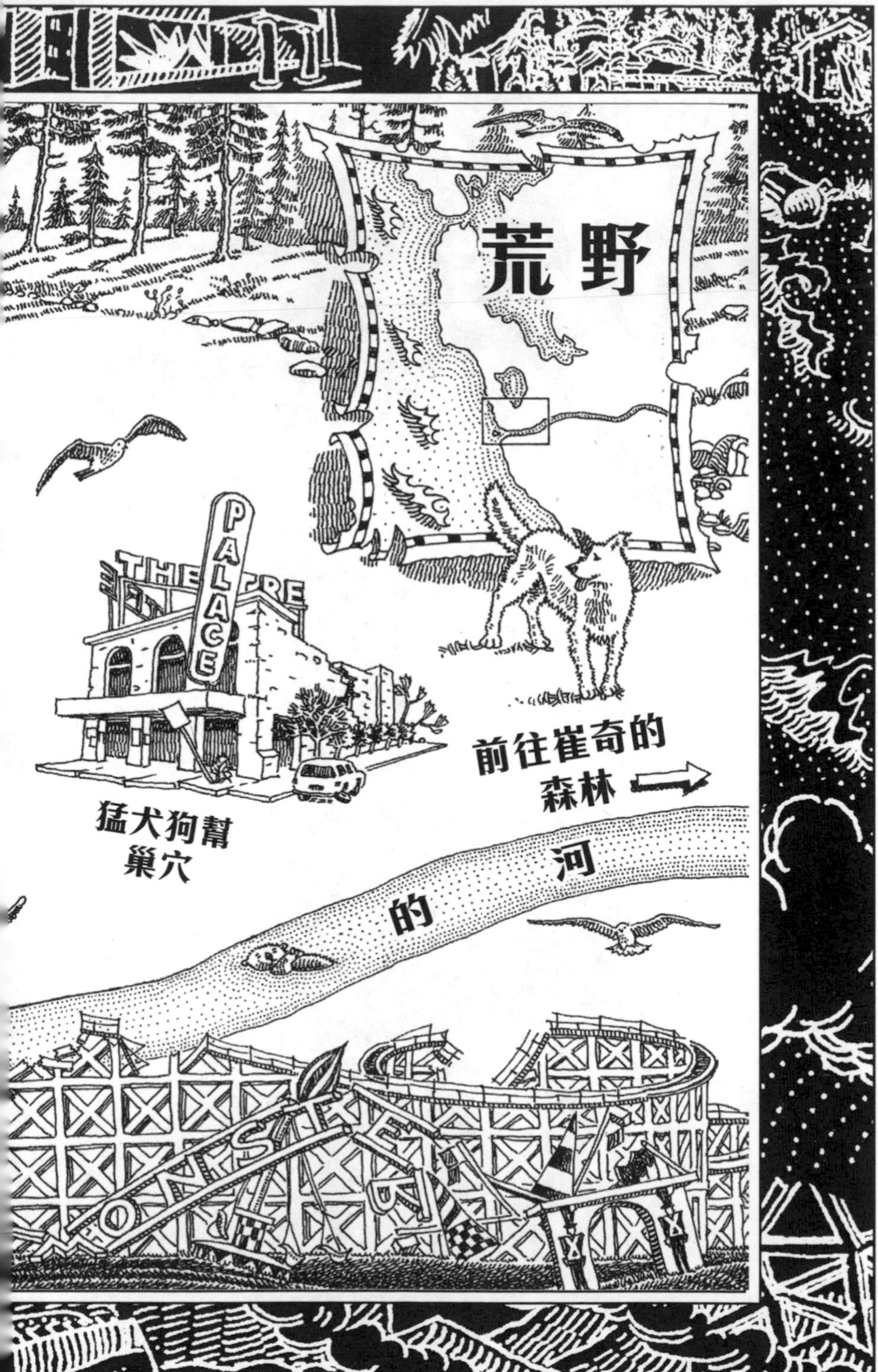
荒野
PALACE
THEATRE
前往崔奇的
森林
猛犬狗幫
巢穴
的
河

燈塔
湖泊邊緣的路
湖的盡頭
荒野狗幫
地盤
洞穴入口
通道出口
永無盡頭
長爪城鎮
遊樂場
前往
城市
有毒

狗勇士 征戰世界名詞解釋

- **風暴之犬**（Storm of Dogs），意指暴風雨。世界動盪，自然萬物的征戰。同時也意指閃電與地犬拉鋸對抗的神話傳說。
- **天犬**（Sky-dogs），意指天空。狗世界的上帝。
- **地犬**（Earth-dogs），意指大地，廣義可指自然萬物。狗世界認為萬物死亡終歸地犬所有。
- **長爪**（longpaw），意指人類。
- **陷阱屋**（Trap House），意指動物收容所。
- **大咆哮**（The Big Growl），意指摧毀城市的大地震。
- **透明石**（clear-stone），意指玻璃。
- **快腿犬**（Swift-Dog），四肢細長的狗，其奔跑速度快。多指靈猩（格雷伊獵犬）。
- **獨行犬**（Lone dog），不隸屬狗幫，獨來獨往，自食其力的狗。
- **狗幫**（dog pack），有首領艾爾帕、副首領貝塔等組織的狗群。有其律法、幫規必須遵守。
- **籠車**（loudcage），意指汽車。
- **艾爾帕**（Alpha），狗幫中的首領，發號施令，負起帶領狗幫責任的老大。
- **太陽犬**（Sun-dogs），即太陽。
- **美食屋**（Food House），意指人類的餐廳。

狗勇士 征戰世界名詞解釋

- **栓鍊犬**（Leashed Dog），與人類同住，享有人類照料吃住的狗。
- **腐食桶**（spoil-boxes），意指人類的廚餘桶。
- **臭味桶**（smell-box），意指人類的垃圾桶。
- **利爪**（sharpclaw），意指貓咪。
- **猛犬**（Fierce Dogs），皮毛黝黑、體型纖瘦，有堅挺的雙耳與口鼻。多指杜賓犬。
- **長爪皮毛**（longpaw's fur），人類的衣服，外衣。
- **農場犬**（Farm-Work Dog），意指牧羊犬，多指邊境牧羊犬。
- **戰鬥犬**（Fight Dog），訓練有素可攻擊、戰鬥的狗，多指德國牧羊犬。
- **月犬**（Moon-Dog），意指月亮。
- **歐米茄**（Omega），狗幫中地位最低的層級。不得狩獵或守衛，需要聽命於狗幫中的所有狗，沒有獲得艾爾帕允許，甚至不得擅自離開狗幫地盤。
- **狗靈**（dog-spirit），狗兒們引以為傲的精神、思想與原則。
- **巨毛**（Giantfur），意指熊。
- **紅葉季**（Red Leaf），意指綠葉轉紅或轉黃的落葉時節，也就是人類稱之的秋天。
- **冰風季**（Ice Wind），意指萬物都結成冰霜的時節，也就是人稱之的冬天。

狗幫成員

黛西：西高地白㹴和傑克羅素㹴混種。

懷恩：狡猾、投機，扁臉的小黑犬。

歐米茄

陽光：容易懼怕、念舊，有絕佳的視力並且嗅覺敏銳。白色長毛小狗，馬爾濟斯。

幼犬

荊棘：黑白相間的公狗。費瑞和月亮的孩子。

甲蟲：黑色毛髮的母狗。費瑞和月亮的孩子。

恬恬：棕褐色毛髮的母猛犬。

猛犬狗幫 *Fierce Dogs*（部分）

首領艾爾帕

刀鋒：黑色與棕色毛髮相間的母犬，毛髮平滑。耳朵頸間處有尖牙形狀的白色毛髮。

副首領貝塔

麥斯：身形龐大的棕黑色母狗。

獨行犬 *Lone Dogs*

崔奇：棕色毛髮，黑色斑點相間的追蹤犬，有一隻瘸了的腿。

老獵人：幸運在城市裡的朋友。身形壯碩結實的公狗，鬥牛獒。

狗幫成員

荒野狗幫 *Wild Pack*（按階級排列）

首領艾爾帕　體態優雅靈活的灰色狼犬。灰白色毛髮相間，有著一雙黃色瞳孔。善於震懾嚎叫。

副首領貝塔

甜心：動作敏捷，灰色短毛髮。和幸運一起逃離陷阱屋的快腿犬。格雷伊獵犬。

狩獵犬

費瑞：強壯有力，擁有黑色毛髮，質地粗糙的大型犬。

史奈普：棕白色毛髮相間小型母犬。

春天：褐色母獵犬，黑色斑點相間。

幸運：原是一隻獨行犬。金白色毛髮相間，毛髮濃厚。

布魯諾：強悍、勇敢，有著絕佳的戰鬥能力，睡著時會打呼。毛髮濃密，戰鬥犬，德國牧羊犬。

貝拉：金白色毛髮相間，幸運的妹妹，善於鼓勵同伴，有著絕佳的領導能力。

麥基：黑白毛髮相間，農場犬。邊境牧羊犬。

巡邏犬

月亮：黑白相間的母犬，有三隻幼犬。

達特：棕白色毛髮相間，身形瘦小的母追蹤犬。

瑪莎：勇敢並善於游泳，個性溫柔且善良。黑色大狗，紐芬蘭犬。

前言

幸運倏地驚醒，恐懼令他的背脊發疼、喉嚨燒灼。他感到頭暈目眩，想要狂奔，卻哪裡也去不了。他朝阻擋去路的金屬鐵條望去。

其他同伴的氣味散布在空氣中，偶爾發出駭人的淒厲叫聲。幸運困惑地甩動毛髮，立即明白這裡是什麼地方……

陷阱屋！

他怎麼又回到這裡？他扭曲身體望向隔鄰的牢籠，焦急地嗅聞甜心的下落，當聞到她那帶著友善、令人感到安慰的氣味後，他的鬍鬚一陣震顫。

「甜心？甜心，我內心有不祥的預感，大事不好了。」

「是啊，我也感覺到了！發生了什麼事？」甜心的聲音顯得刺耳與驚慌。

幸運將他的前腿緊貼在鐵籠的門上，門卻不爲所動。一長串的鐵籠傳來低吠聲。此情此景以前也發生過——他們全都受困其中。

「甜心！」他大喊。「肯定是再次發生——大咆哮！你感覺到了嗎？」

他聽見甜心拖著腳，將身體緊貼在分隔他們的鐵籠上。「但那都結束了，幸運。」她發出低吠。「事情都已經過去了。不可能再次發生。」

儘管她的聲音中透露出恐懼，但是快腿犬這番話的確讓幸運感到慰藉。**甜心說的沒錯，大咆哮已經發生過，而我們也都幸運地逃過一劫。這回，我們不再需要擔心——那不過像是一場噩夢。**

地面開始搖晃，幸運突然聽見頭頂的巨石發出裂開聲。陷阱屋內其他狗開始驚恐地發出嗥叫。恐懼的氣味不斷從四周湧入。

幸運在狗兒發出的嗥叫聲中大聲說，「你說的沒錯，甜心！大咆哮已經發生過，不會再發生！」他的聲音中透露出不確定。「即使眞的發生，我們上回幸運地逃過一劫——這回也一定能夠存活下來。」

伴隨著另一道迸裂聲傳來，天花板一陣塵土飛揚，宛如下雪一般。幸運奮力眨眨眼睛，幾乎看不清眼前的一切。

「但這回似乎有些不同。」甜心低聲說著。

幸運感覺喉嚨緊繃，尾巴緊貼在身體一側。快腿犬說的沒錯，每一回夢境中出現大咆哮，幸運總是知道他們能夠逃過一劫。但這回……

他來不及繼續探究這個問題，地面便開始出現劇烈晃動，幸運幾乎站不住腳，重重摔向一邊。他的耳邊傳來金屬扭曲變形的聲音，以及透明石碎裂的聲響。

狗兒們嚇得紛紛發出吠叫，牢籠開始塌陷，眼看就要落入裂開的地面。幸運在一陣白色的煙霧中，見到牢籠一個個擠壓在一起，就要壓死籠裡的狗兒，幸運急得跳腳、嚇得睜大了眼。接著，囚禁他的鐵籠開始晃動。

「幸運！救救我！」甜心大喊，她的腳爪不斷朝鐵籠的門抓扒著。

幸運湊近甜心發出聲音的方向，從鐵籠前方扭曲變形的門伸出腳爪，急著想掙脫牢籠。「我來了！」他試著安撫甜心。

但就在他設法逃出鐵籠的當下，他的內心感到納悶與不解。陷阱屋的牆壁這時早該崩塌，壓垮甜心的鐵籠，讓她順利脫逃，囚禁幸運的鐵籠周圍也早該受到牆壁擠壓而露出逃生口。他們當初便是因此逃出陷阱屋。這回似乎有些不同……

地面此時搖晃得更加劇烈，水泥磚牆崩落的聲音夾雜著狗兒發出的吠叫聲震耳欲聾。幸運的鐵籠突然一陣晃動，倏地向前傾斜，再次劇烈搖晃後，囚禁他的鐵籠便重重撞向硬石子地面，翻了過去。幸運感到背部一陣燒灼，忍不住發出吠叫。

我是在作夢！他告訴自己。**在夢中不會感到疼痛！**難道是他搞錯？此刻眞的發生大咆哮？

他一陣退縮，卻仍奮力起身，準備逃命。天花板落下大片水泥塊，不斷落在破損的鐵籠。幸運拖著腳向前移動，伸長前腿，準備爬出鐵籠。

但是鐵籠的門並未鬆開。

他在一陣殘堆瓦礫中，瞇起眼睛，直到瞥見甜心的身影。她正用力朝鐵籠踢著前腿，雖然跟幸運距離不遠，但是殘堆瓦礫卻隔開他們。她黑色的眼珠與幸運四目相望，然後仰頭發出嘷叫。「事情怎會如此！我們曾經逃出陷阱屋！這回也應該能逃過一劫！」

「我們一定可以逃出去！」他對甜心說。「活著離開！」幸運說完後，用力朝鐵籠撞去，想要奮力撞開把鐵籠的門。他感覺門被他撞開一個縫隙，內心感到一陣欣喜。

感謝天犬，他在心裡暗自說著。

此時，天花板突然崩塌，幸運困惑地向後一退。水泥牆顫危危的——鐵籠卻宛如風中的樹葉般輕輕抖了一下。空氣中傳來地面迸開的聲音，幸運的整個世界也跟著崩塌。

第一章

幸運倏地睜開眼睛，喉嚨發出駭人的淒厲叫聲。他喘著氣，豎起耳朵。大地不再崩塌，陷阱屋不再傳來嗥叫聲。

這是**一場夢**……我們都**活了下來**！

他深吸一口氣，感覺到四肢一陣輕鬆。夜晚的空氣沁涼，四周一片安靜。他從洞穴的入口處看見零星的樹木殘枝在冷風中微微顫抖。之前救援小隊救回費瑞又失去他時，峭壁頂端長滿草地的斜坡是他們與狗幫同伴重聚的地方。甜心最後決定大家留在這裡，儘管得面對重重的危險——但為了替狗幫找到一處安全的棲息地，大家一路以來不停地尋尋覓覓，如今已經筋疲力竭。

幸運轉身望向甜心，狗幫的艾爾帕，也是他的新伴侶。快腿犬蜷縮身子依偎在幸運的身邊，她溫熱的身體緊貼著他的毛髮，胸口在睡夢中隨著呼吸起伏。白色的尖鼻子抽動了一下，顯得放鬆，微微打鼾。熟悉的親密感令幸運的鬍鬚顫動。他輕柔地舔了舔她的鼻子。甜心的鼻子嗅了嗅卻沒有被驚醒。

幸運站起身伸展四肢，望向他們身處的洞穴，山洞由樹籬和常春藤組成。這裡堪稱最佳的落腳地點，前任艾爾帕（一隻狼犬）曾宣告將這裡當作營地。幸運一想到那隻狼犬不禁打了個寒顫。**那個叛徒！竟然選擇靠攏刀鋒以及她所率領的猛犬狗幫……**

幸運走出洞穴，踩在結霜的草地上時，發出清脆的聲響。樹木與傾斜的土地阻擋了從寬闊湖水吹來的刺骨寒風。冷風拂過幸運身上的毛髮，令他不禁打了個寒顫。天空開始布滿濃密的雲層，偶爾閃亮的小星星宛如監看大地的眼睛。沉睡的同伴們趴躺在矮樹叢間，幸運在他們之間走動。並非所有同伴都願意待在岩壁上的這片領地。猛犬狗幫選擇被長爪棄置的城鎮作爲巢穴，而他們兩方的據點相當接近。甜心顯然已經下定決心：獵物變得稀少時，他們大可繞過山頭前往別處獵捕食物，但選擇在此地落腳，也代表他們必須不斷到遠處去尋找獵物，這令所有狗幫成員筋疲力竭。他們需要一個基地，一片防禦敵人入侵的領地——稱爲家園的營地。

沒有一隻狗願意挑戰她的領袖地位。

幸運也想留下來……但他是因爲其他理由才堅信他們得留在此地。

幸運在同伴間走動時，目光不禁落在雷霆身上。她陷入睡夢中的身體因爲緊繃而抽動著，上唇往上翻起，露出長長的白色尖牙。毛髮下的肌肉緊繃——即使在睡夢中，臉上的表情仍顯得兇猛。幸運停下來，耳朵往後抽動，納悶她究竟做了什麼樣的夢，讓她顯得如此緊繃。她絕對不是夢見大咆哮——事發當時，她甚至還沒出生。

雷霆的嘴唇發出低聲咆哮，幸運不安地繼續往前走。難道她正在夢境中跟她的手足大牙激戰？距離那場打鬥至今已過了一個月亮之犬的週期，雷霆身上那個醜陋的紫色瘀傷也幾乎復原。猛犬狗幫的憤怒試煉，要求兩隻打鬥的狗只能留下一個活口，而雷霆跟大牙都活了下來——雷霆證明了她的成熟與自制力，儘管手足對她採取瘋狂的攻擊，她仍饒過對方一命。幸運回想起幼犬的忠心與韌性，內心不禁替她感到驕傲。

雷霆一個抽動，跳起身來，她睜大了雙眼，目光在黑暗中來回游移，彷彿以爲敵人入侵。接著，她的目光落在幸運身上，於是蹲坐下來，輕輕搖擺尾巴。

幸運朝雷霆走去，蹭了蹭她的鼻子。「你覺得如何？」

雷霆伸開前腿。「好多了。你看！站起身時，我覺得腿不會疼痛了！」她繞著幸運走了一圈，示範給他看。

幸運仔細看著她的臉龐。雷霆鼻子上的傷口已經痊癒，但是缺了一角的左耳再也無法復原。他望著仍在睡夢中的狗兒們。「我們離這邊遠一點吧。」

小猛犬點點頭，跟在他身後走向通往池塘的一排低矮樹木。「太陽之犬甦醒前你在做什麼？」

幸運嘆氣，告訴雷霆他的夢境只會嚇壞她。「伴隨冰雪冬季的到來，太陽之犬甦醒的時間將會延長。但我們可不能這麼悠閒。」他撇過頭去，嗅聞空氣，試著不讓雷霆聞到白雪的刺鼻味。

「我們睡得愈久，應付敵人的攻擊力道就愈薄弱。」雷霆同意幸運的論點，她停頓一會兒，黑色頭顱朝一旁偏斜。「獵物說不定也一樣睡得更久，這麼一來我們就可以輕易獵捕他們。」

幸運開心地搖擺尾巴。「我們可以試試。」他突然覺得有必要在樹叢間搜尋，一路從營地前往懸崖邊尋覓獵物的下落。巡邏隊日以繼夜看守他們的家園，儘管在雷霆跟大牙的那場激戰後，就不見任何敵人的蹤影，但是幸運明白荒野狗幫的成員們不會就此鬆懈警戒。只要刀鋒跟她所率領的攻擊犬還存在，他的狗幫將永無安寧之日。

雷霆走到幸運的身邊時，太陽之犬在地平線上顫動了一下鬍鬚。她在幸運捕捉的獵物旁放下一隻又大又肥美的鳥兒，蒼白且帶著黃褐色的羽毛尖端呈現灰色。鳥兒的脖子既長又黑，臉龐也是黑色，除了鳥喙下方一道粗粗的白色記號。過去幾天來，幸運見到頭頂不斷盤旋著一群群鳥兒的巨大隊伍，飛過寬闊湖水上方。這群鳥兒全都來自同一個方向，每支隊伍都追隨著自己的艾爾帕。

他們爲何知道該去何處？幸運不只一次這麼納悶。難道鳥兒感知得到狗兒感受不到的事情，他們能夠朝溫暖的天空飛去？他們是否跟隨太陽之犬前往永無黑暗、永遠是白晝的土地。

幾隻鳥聚集在岩壁附近的岩石上。這是幸運跟雷霆能夠捕捉到獵物的原因——鳥兒們高高在天空盤旋時，姿態優雅且迅速，但當他們待在岩石上時，動作卻顯得十分笨拙。

幸運和雷霆叼起獵物，走回營地。狗幫其他同伴此刻都清醒了，正在微微透出亮光的巢穴伸展四肢，而負責守夜的黛西，此時正在巡邏隊的巢穴中小睡。黛西抬頭時，狗幫其他同伴見到幸運和雷霆一道返回營地，莫不興奮地大叫。

甲蟲繞著返回營地的狗兒們打轉，忍不住舔了舔下巴。他的手足荊棘跟著加入他，她湊近鳥兒一陣嗅聞，一副不確定的模樣。

「這是什麼動物？」她伸出一隻腳爪戳了戳獵物。「我從沒見過這麼長的脖子。」

甲蟲瞪大雙眼。「只有幸運才抓得到這麼奇怪的動物！」他對幸運大感敬佩。「神靈之犬肯定站在你這邊！」

幸運雖然也不確定這是什麼鳥類，但在他開口以前，月亮已經搶先一步站在她的孩子身旁。「這些是鵝。」她抽動黑色的尖耳朵說。

知道了獵物的名稱後，絲毫沒有澆熄甲蟲的興奮之情。「幸運，你認爲你的父親是否成了神靈之犬？」

甜心此時從洞穴走出，與幸運四目相接，昂頭帶著消遣他的表情。

她是在嘲笑我——嘲笑甲蟲對英雄的崇拜。

「不，」幸運感到難爲情，迅速回答。「我很確定他並沒有成爲神靈之犬，甲蟲。」

幸運回頭望向幼犬。他的身形比妹妹要嬌小一點。甲蟲跟他的母親一樣，身上的毛髮黑白相間，鼻子粗短，四肢寬闊健壯。**隨著甲蟲日益茁壯，他長得愈來愈像他的父親費瑞。我猜，他想要找其他的慰藉來代替他的父親。**

成員們依次從位階較高的甜心率先享用獵物，最後輪到位階最低的歐米茄陽光吃完鵝肉後，其中幾名成員聚在一塊兒，接受雷霆指導的戰鬥訓練課程。小猛犬在大家的注視下，示範如何閃躲以及抵禦對方的攻擊。

「重點在於速度，」她對大夥說。「別讓對手發現你的下一個動作，你的目標在於取得優勢，將他們壓制在地，掐住他們的喉嚨。」

幸運望向聚集一塊兒的狗兒們，不安地打量他們的反應。麥基和史奈普盡可能模仿雷霆向前猛攻的動作，伸長他們的前腿。布魯諾發出生硬的吼叫聲，亮出他的腳爪，貝拉跟瑪莎則輪流練習防禦招式。就連老是率先抱怨戰鬥訓練的懷恩，這會兒也興致勃勃地瞧著大家。幸運不禁鬆了一口氣。在場沒有任何一隻狗，對於低位階的雷霆竟能提出指導而感到質疑。

這對大家來說何嘗不是件好事，比起從前在狼犬的帶領下，狗幫現在的階級制度不再一如過往那般嚴密。雷霆願意跟同伴一塊分享她所擁有的戰鬥技巧，的確對狗幫很有助益，如果還在謹守嚴密的階級制度不知變通，才是愚蠢至極。大家齊心協力合作……才合乎狗幫的宗旨。

「黛西，我可以請你作示範嗎？」雷霆徵詢她的同意。「我不會傷害到你。」

粗毛白狗興奮地發出吠叫，表示同意，戰戰兢兢地站在原地。雷霆露出嘴裡的尖牙作勢朝黛西咬去，黛西立刻阻擋猛犬的攻擊，雷霆壓低身子，閃躲黛西對她發動的攻擊，然後壓制住小狗的脖子。她將黛西壓制在地好一會兒後，接著才往後一跳，讓黛西翻起身。

雷霆友善地舔了舔黛西，轉身對其他同伴說：「現在輪到你來試試看。」

「這對我來說太難了，」荊棘連忙接著說，「我的肌肉還不夠結實。就算我已經長成成犬，也沒辦法咬住另外一隻狗的脖子。」

雷霆語氣堅定對她說：「任何一隻狗都辦得到，就連體型嬌小的狗都沒問題。這跟體型一點關係都沒有，而跟自信有關。就算你的動作不夠精準到位也不要緊。任何一個敵人感覺到脖子被其他狗的尖牙抵住，難免都會一陣驚慌失措。」

幸運一點都不懷疑雷霆的說法，不過他很納悶雷霆是怎麼知道這些事的。她究竟從哪裡學會這些俯衝與抵禦攻擊的訣竅？是荒野狗幫的成員，而非猛犬狗幫撫養她長大。她哪來的機會學習這些致命的招式。

她肯定與生俱來地擁有這些本領。

他很慶幸那隻變節的狼犬沒在這裡看見眼前這一幕。那隻老艾爾帕向來就不信任雷霆。幸運一想到這，尾巴忍不住微微下垂，他看見甲蟲站到了荊棘面前。幼犬的黑色身體忍不住顫抖著，然後往後退了一步。**難道他害怕自己的手足將會撕開他的喉嚨！**幸運這才發現，這個課程對幼犬來說是否太過殘酷？

荊棘朝甲蟲的方向猛衝，聽從雷霆指導的方式，用牙齒咬住甲蟲的喉嚨。幼犬的動作十分敏捷，勝利地發出歡呼，而她的手足卻拚命想要掙脫，導致荊棘一時失去平衡。荊棘滾向一旁，甲蟲則用前爪抓住她的身體一側，將她壓制在地。

接著，他不安地望向雷霆。「我很抱歉……事情不該如此，我只不過是……」他朝後一退，低下頭，他的手足則站起身，滿懷歉意。

幸運過了一會兒才恍然大悟。月亮的孩子們只不過比雷霆年輕些，然而他倆站在她的面前卻心生恐懼。**難道雷霆——與生俱來的權威感？**

小猛犬輕輕蹭了荊棘一下。「別擔心。你還在學習階段——多練習幾回就能掌握要領。」她轉身對甲蟲說。「你不必因爲憑本能做出的反應而感到自責——在打鬥中，本能說不定還能夠救你一命。」

幸運內心的不安逐漸消失，他的尾巴因爲放鬆而輕輕擺動。**雷霆並不像艾爾帕所想的那般具有易怒的攻擊性。她展現在大家面前的是耐心與體諒。她的性格更貼近我們，而非猛犬狗幫。**

幸運內心帶著驕傲，轉過身去，在樹叢間來回踱步。雷霆不需要他在一旁監督指導。我相信她。幸運的腳掌踩在結霜的草地上，發出清脆的聲響，他走在營地邊緣，朝寬闊湖水上方的懸崖走去。空氣中傳來鹹味，冷空氣拂過幸運的毛髮。天空中聚集灰色的雲層，看來天氣將變得更加嚴寒。他闔上眼，回想起夢境中飄落飛舞的雪花：那些關於雷霆之犬的夢境。當他再次睜開眼睛，他彷彿見到了樹叢間閃過了一道黑影。

幸運屏住呼吸，眨眨眼睛，望向樹叢的方向。這一幕難道出自他的想像？於是悄悄地走在結霜的草地上，盡可能保持安靜。空氣中並未傳來其他味道，堅硬地面也沒留下任何足跡。他檢視樹叢周圍，低下頭去仔細嗅聞。這裡並沒有陌生狗兒的蹤影，但是幸運知道自己的確見到黑影。他的背脊高聳，望向地平面。

難道這裡有其他狗正在監視著我？

山谷間傳來幾聲荒野狗幫的吠叫聲——聽見他們發出歡欣鼓舞的聲音，不禁令幸運感到怪異與不安，彷彿螞蟻爬過他的肚子。他們肯定結束訓練課程了。他最後回頭張望了一下，便轉身朝營地前去。

第二章

等到幸運越過水池，趕往營地後方的空地時，太陽之犬已經高高掛在天空，他的金色尾巴拂去天空中的幾抹雲層，掃過低矮的樹叢。冷峻的空氣流過他的腹部，幸運抬頭望了一會兒，滿臉困惑。**為何在冰雪冬季感受不到太陽之犬的光芒帶有一絲暖意**？

他回想起樹叢間所見到的黑影，忍不住加快腳步。或許這一切不值得大驚小怪，不過必須讓甜心知道這一點。

幸運抵達空地後，他驚訝地發現狗幫成員們正焦急地圍成一圈。甜心見到幸運後，發出尖銳的吠叫聲，她抬頭大聲斥責。「你去哪裡了？」

幸運低頭朝她的鼻子一舔，安撫她的情緒。「我剛才去四處走走。」他正打算把見到黑影的事告訴她，卻被甜心打斷。

「達特和月亮才剛巡邏回來，他們見到了……**十分不尋常的事**。」月亮步上前，藍色的眼瞳發出銳利的光芒。「我們剛剛去寬闊湖邊四周的小鎮巡邏。」

幸運動了動他的鬍鬚。「只有你們倆去？你們應該多找一些巡邏小組的成員一塊去——你們明知道那地方是猛犬狗幫的營地。」

農場犬抬起她的白色鼻子。「正是如此，我們完全沒有聞到猛犬狗幫的氣味，眞的是不尋常。」

「他們彷彿**消失**一般。」達特接口。身材瘦削的棕白犬不安地走到月亮身旁，望向遠處懸崖邊的那片樹林。

「但是我們的確聽見異狀。」月亮說話時嘴唇向上掀開，兩隻耳朵因爲太過激動而平貼在腦袋兩邊，幸運不免感到憂心忡忡。「說不定是長爪們回來了。還以爲我們早已擺脫了他們。」

貝拉和麥基步上前去，狗幫的成員們彼此交換不安的眼神。

月亮轉過身對甜心說。「聽起來他們爲數不少，我們認爲應該先請示我們的艾爾帕。」

貝拉抬起頭，一臉困惑。「你的意思是指，經歷過這一切遭遇後，長爪們返回他們所居住的城鎮？」

幸運轉身望向身後的懸崖，若有所思。長爪們已經離開好些日子，周圍的一切也出現重大的轉變。他回想那段在城市間漫遊，前往美食屋乞討食物以及睡在公園的種種回憶。不過這一切早已像是陳年往事般，甚至比大咆哮發生的時間還要久遠。

陽光衝向布魯諾跟瑪莎之間，髒兮兮的尾巴開心地搖擺。「長爪們回來他們住的地方了？」

甜心蹙緊眉頭。「重點在於他們是什麼樣的長爪？是不是從前那些壞心眼、披著黃色毛皮，抓走費瑞的同一批人？」

月亮發起牢騷，頸背高聳。「我們距離不夠近，看不清楚，如果這些披著黃色毛皮的壞心眼傢伙膽敢回來。我肯定趕跑他們！」

甲蟲與荊棘在一旁大表贊同，嘴裡一邊發出咆哮，一邊繞著圈子打轉。

「我們去除掉他們！」荊棘大聲喊道，不忘揮舞她那黑白相間的腳爪。

幸運站起身。「在我們採取行動之前，必須先去打探這些長爪有什麼目的。天很快就要暗了。」

「今晚我們哪裡也不去，」甜心帶著一臉堅定的表情。「太陽之犬在冰雪冬季露臉的時間會縮短——此刻他高掛天空，不久就要返回他的窩巢。我不希望大家在入夜後行動；太冒險了。天一亮，我會率領一支大型的巡邏隊，到時候再去打探長爪們的動靜。幸運，我希望你跟我一道去。還有貝拉、月亮、麥基、瑪莎和……」她的眼睛望向聚集在一塊的狗幫成員。「歐米茄。」她的目光落在陽光身上。

渾身骯髒的白色長毛狗驚訝地喊出聲來，眼睛睜得好大。「你要**我**也跟去？」

「你有過跟隨不同長爪相處的經驗，我希望借助你這一點。」

陽光用力甩動尾巴。幸運轉身望向他的伴侶。他很高興在甜心的領導之下，每隻狗都能夠發揮所長，而非受限於各自的階級中。陽光經常與機會失之交臂，他清楚知道這次終於輪到她貢獻一己之力，這對她來說意義重大。

幸運的思緒不久便被雷霆打斷，只見她走到甜心身邊。「我也應該一起去，」猛犬語氣堅定。「萬一有了什麼麻煩，我最擅長打鬥。」

幸運僵住不動。他們最需要避免的，就是雙方起正面衝突，要是刀鋒所率領的狗幫還待在鎮上，讓雷霆前往實在太危險了。他們說不定想要報復雷霆在憤怒試煉中擊敗大牙的恥辱，或是挑釁她接受另一場試煉。「你跟狗幫待在這裡比較重要，」他迅速回應。「如果我們全都出動前往鎮上，誰來捍衛營地？你既強壯又勇敢，我需要你保護其他成員的安危。」

甜心站在小猛犬身邊，朝幸運投以感激的目光。他明白甜心跟他一樣不希望雷霆一道前往。

雷霆哼的一聲，對於自己被指派留守營地的任務，似乎一點都不高興，但是在幸運的安撫之下，她也只好接受。「好吧，我負責保護營地的安危。」

隔天天一亮，甜心便牽領巡邏隊沿著崎嶇的峭壁，朝寬闊湖水的方向前去。幸運望著腳底下的海浪拍打在沙灘邊緣，掀起一陣白色的迷霧。廣闊的冰冷湖水依舊令他感到懼怕，但現在他也已經習慣不少。當巡邏隊步下岩石區，前往河岸邊時，幸運留意到湖水的鹹味，比溫暖的季節裡聞起來的味道淡了許多。

路徑愈發狹窄，幸運落在甜心身後，他回頭向後張望，看著麥基、貝拉和月亮。瑪莎放緩腳步，幫助陽光越過陡峭的岩石區。

懸崖下方的小徑，引領他們沿著一條小溪前進。幸運停下腳步，想喝幾口水，卻躊躇不前。河水的模樣似乎有些不同。他步上前去，腳底踩著結霜的草地。他用腳爪碰觸河裡的水，河水刺痛冰冷。像**冰**一樣……呃，河水就快要結冰。他見到河水的表面愈來愈堅硬，彷彿就像……幸運的耳朵向後豎起。

彷彿像是狗兒死後僵硬的屍體一般。

他曾見過城裡的小水池結冰的模樣，難道偉大的河水之犬也難逃凍結的命運？神靈之犬是否喪失他們的力量，生病了？幸運望向細窄的河水表面，水面映照著淺藍色的光芒，靜止不動。河水之犬肯定被凍得難受；她無法像太陽之犬那般，躲到地平線另一頭。幸運忍不住發出嗚咽，尾巴緊靠著身體的一側。他緊跟著甜心走完最後的岩石區，準備前往寬闊湖水的岸邊時，盡可能不去想河水之犬的事。巡邏隊正朝著小鎮的外圍前去。

甜心轉身望向幸運。「我幾乎聞不到猛犬的氣味。」

這倒是眞的——他們的氣味幾乎不存在。他們想必棄守了位處長爪居住地的巢穴。但是他們去哪兒了呢？

隨著巡邏隊更加貼近小鎮，幸運似乎聽見長爪的聲音。接著，耳邊傳來熟悉的低沉轟鳴聲。**籠車**！月亮默默發出低吠，尾巴下垂。

甜心停下腳步對大家說話。「附近的確聚集了不少長爪。我想知道他們究竟在打什麼算盤，如果他們並沒有離開的意思，我們得更加貼近好查明眞相。大家跟緊我的腳步，謹愼爲妙。排成一隊，貼近牆面。才不會被對方察覺。」

甜心說完後，便沿著建築物亦步亦趨前進，幸運則跟她相隔一段距離。他向後張望，看見妹妹貝拉緊跟在後，身體緊靠牆壁。她朝哥哥抬起頭，雙眼激動地閃爍著光芒。

長爪們的呼喊聲以及籠車的咆哮聲愈發靠近。

甜心來到街道的盡頭後，蹲下身子，朝角落四處張望。她的尾巴落在身體後方，幸運忍不住湊近她的身旁，好奇她看到了什麼。

他驚訝地發現一大群長爪正趕往下一條街，彼此互相叫喊。他們身上披著橘色的毛皮而不是黃色，頭部則包裹在閃亮的硬殼物中。映入眼簾的是漫天的塵土與砂礫，其中有些長爪則忙著將這些沙土整齊的掃成土堆。兩名長爪則登上有著巨型牙齒的黃色籠車上。籠車轟隆作響，沿著地面拖著他的牙齒，咬起大塊的石頭。

甜心跟幸運縮回身體，加入躲在入口處的夥伴中。快腿犬將她跟幸運所見到的一幕轉告給大家知道。

月亮若有所思。「聽起來他們並非是殺死費瑞的同一批長爪。猛犬狗幫看樣子也離開了這個地方。」

貝拉舔舔下巴。「說不定我們可以四處瞧瞧，有什麼值得偷走的東西。通常只要有長爪在的地方，就一定會有吃的東西。」

月亮似乎不很確定。「這些傢伙可不好惹。」

「他們並非全都是壞人！」麥基抗議。他低下頭，做出防禦姿態，幸運感到腹部一陣翻攪。自從大咆哮發生後，農場犬就十分懂得捍衛自己的立場。在這群栓鍊犬之間，麥基對主人終究會返回身邊的想法總抱持著期待。經歷過這一切之後，如果麥基對從前的生活重新燃起希望，將會是一場災難。

首先興奮地步上前的卻是陽光，只見她直奔向街道的方向。「我要去見見他們！」

幸運想要阻擋她，但是麥基一個箭步搶先奔過去。瑪莎衝上前去協助他，用她那巨大的蹼爪阻擋興奮不已的歐米茄。「不，還不是時候，」她發出低沉的溫柔嗓音安撫她。「我們不知道對方的來意是否友善。」

小狗一時之間怔住不動。「眞是抱歉，你說的對……我不知道自己是怎麼一回事。」

「噢，不！」貝拉大聲咆哮，愁容滿面地望著陽光。「你瞧瞧自己幹了什麼好事！」

幾個長爪聽見狗兒們的騷動聲，朝著他們的方向指指點點。其中一名長爪小心翼翼地朝他們的方向走來。

幸運望向甜心。「我們該怎麼辦？他們似乎不帶任何惡意。」

甜心的頸背高聳。「我們不知道對方的來意爲何，我不能冒險失去我的優秀勇士。同伴們，快向營地的方向撤退！」

巡邏隊的成員們立刻照辦，緊跟著甜心，離開小鎮，攀過崩塌的碎石磚牆，奔向寬闊湖水的岸邊。幸運落在隊伍最後，萬一陽光想要衝向長爪的方向，就可以及時阻止她。但是歐米茄似乎學到了教訓，緊隨在貝拉身邊離開，小腿使勁地跟上腳步，糾結成團的尾巴在身後蹦蹦跳跳。她跟其他同伴一樣，頭也不回地向前狂奔。

等到他們來到了懸崖小徑，離開小鎮一段距離，躲在糾結的荊棘叢以及卵石峽灣後，甜心才停下腳步。大家圍在她身邊，陽光累得趴躺在地，上氣不接下氣——攀爬這段路對她來說最爲吃力。

麥基惱火地對小狗大發雷霆。「以天犬爲證，你究竟在想什麼？你差點讓我們陷入大麻煩！」

陽光嘆口氣，壓低著頭。「我知道我的行為太過莽撞，我很抱歉。我只是克制不住自己。我一發現長爪在近處，就覺得**有必要**一探究竟。我是長爪養大的寵物；這就像是本能反應一般，想要靠近他們。但那都是過去的事了。」

麥基低下頭去，不再咄咄逼人。「我知道了。」

甜心可不想輕易作罷。幸運見到她渾身緊繃地朝歐米茄的方向走去。他希望甜心能比狼犬面對此事的態度更仁慈些，但是身為領袖的壓力往往會改變狗兒原本的性格。

「你必須學著自我克制，」她口氣嚴峻地對陽光說。「我們必須彼此相互扶持。」她說完後，便準備登上懸崖，朝營地的方向前去。麥基與月亮則緊跟在後。

陽光站起身，嚴肅地低著頭，默默地跟在大家後面前進。幸運不禁鬆了一口氣。甜心一點兒都沒變。他應該相信她善良的本性。內心不禁替她感到驕傲，對她充滿憐惜。

狗兒們順著岩石堆前進。幸運緩下步伐，走到隊伍後面，陽光正奮力踩著步伐跟上隊伍。貝拉停下腳步，跟在他們身旁。

陽光抬頭望著同伴。「我知道你要說什麼，」模樣令人同情。「我並不是真的想見到我的主人，我只是……很高興知道，經歷過大咆哮還有長爪活著，而且還返回他們的居住地。我知道那些披著黃色毛皮的傢伙很壞，但是我並不會仇視所有的長爪。像我的主人就對我很好。」

幸運疼惜地舔了舔小狗。「我並沒有生氣，陽光。我知道當你說，想要學著變成一隻更好的狗是眞心的，這點比什麼都重要。」

他與貝拉四目相接，偏頭給她一個暗示。兄妹倆離開其他同伴一段距離，站在岩石堆之間，不讓談話被其他同伴聽見。

貝拉抬起那顆金色毛髮的頭顱。「沒事吧？」

「沒事，我只是……納悶著，如果事情回到大咆哮發生之前——離開的長爪們都回來了，建立嶄新的營地——你會不會想要再去跟你的主人重逢？」

貝拉沉默不語，咬起沾黏在身上的帶刺瘦果，拉開它，然後丟到結冰的地面。「不，」她娓娓道來。「我不會說，我不想用跟主人團聚這樣的字眼。但如果是**我的**主人回來，呃，那情況又不一樣了。如果他們希望把我接回去，我不會拒絕。但我現在是狗幫的成員了。我學會傾聽我的狗靈，也已經習慣能夠自由來去的生活。」

幸運聽完妹妹這番話，擺動起他的尾巴。她現在跟他一樣，成了不折不扣的荒野狗幫成員。狼犬離開之後，狗幫的所有成員終於有了共同目標——求生存。

第三章

營地裡參差不齊的雜草堆上的結霜融化了，冷冽的空氣依舊令幸運直發抖。午後的天空染上一層紫羅蘭色。甜心抬起蒼白的長鼻，朝身後的懸崖以及寬闊湖水的方向望了一眼。接著，她看著狗幫的成員。

「我們應該立刻撤離小鎮。」她說。

達特的雙眼睜得好大，抓扒著地面。「長爪見到你了？他們知道我們的下落？」

布魯諾發出低吠，史奈普則渾身僵硬，就連鼻子上的毛也跟著豎起。幸運望向甜心，心裡默默讚佩她的冷靜。

「沒錯，他們見到我們出現在鎮上，」她回應。「但是我們離開時，他們並沒有追上，所以他們不知道營地的位置。」

月亮的藍色眼睛宛如結凍的溪流般冷冽、透亮。「依我看來，他們仍跟我們距離得太近。我們待在這裡並不安全。這群傢伙害死了費瑞，如果他們連這麼強壯的狗都傷害得了，我們誰都別想從他們手中活著離開。萬一他們覺得小鎮不夠寬敞，想來我們的營地該怎麼辦？」

達特表示贊同，細瘦的尾巴緊貼身體的一側。

瑪莎甩動黑色的頭顱。「我並不認為他們會這麼做，」她試著說明原因。「這個地方沒有任何屋舍能夠讓長爪遮風避雨。他們對寒冷的忍受度比我們還低，必須找到能夠抵擋寒冷的地方。」

「這個理由不足以解釋一切，」麥基說。「我見過長爪們自己**搭建**房子。他們沒有理由不能到這裡來搭建屋舍。他們非常聰明，什麼都會做……」他拉長了聲音，似乎帶著愧疚感。「我不是指他們很厲害，我沒有這個意思……」

他不希望狗幫其他同伴認為，他仍舊對長爪們忠心耿耿，幸運心想。他欣慰地望著農場犬，接著望向甜心。狗幫成員都在等候她的指示。

甜心語氣堅定地向大家說：「我並不害怕長爪。我們比他們更善於狩獵，在樹花的見證下，四周的谷地肯定能夠獵捕到許多獵物。在此之前，我們可以獵捕到鵝或是其他獵物果腹。」

「猛犬狗幫的狗怎麼辦?」達特問。「萬一他們返回小鎮?他們究竟會在哪裡?」

甜心抬起頭。「荒野狗幫的成員不會再離開了。我已經厭倦一再遷徙的日子。這麼做只會耗損我們的精力,讓我們失去戰鬥力——我們此刻最缺乏的正是這個。」她的尾巴甩動了一下,目光閃爍著光芒。「要是猛犬狗幫膽敢回來,我們肯定會好好對付他們。」她的望向瑪莎和麥基。「如果長爪們選擇在小鎮定居,那是他們的自由,但是這片懸崖和山谷屬於我們。」

「要是長爪們想到我們的營地?」達特問。「麥基不是說……」

「我們哪兒也不去,」甜心打斷他的話。

纖瘦的追逐犬低下頭去,默不作聲。狗幫的成員們也都鬆了一口氣。大家一點都不想再動身離開,特別是在冰雪寒冬的季節裡。

甜心再度開口時,口氣顯得和緩許多。「等到太陽之犬明天開始他的下一趟旅程後,我們將要進行一場儀式。」

幸運抬起頭來。「什麼儀式?所有的狗幫成員都已經完成各自的命名了……」

甜心望著他的眼睛。「這場儀式要慶祝你將成為狗幫的貝塔。」

荒野狗幫的成員們聽見這個消息，莫不歡欣鼓舞，幸運感覺到自己渾身寒毛直豎。

史奈普搖擺尾巴，望著一臉困惑的拴鍊犬們，「狗幫的成員們除了貝塔之外，都必須去尋找獻給神靈之犬的祭品。」

「包括動物身上的毛皮，」月亮接著說，「或是一根羽毛或是特別的石頭。總之，這些東西象徵我們對祂們的敬重，以及展現我們對貝塔所抱持的期待。」

「我看見水池邊有許多漂亮的白色石頭，」陽光開心說道。「它們像月亮之犬一樣發出皎潔的光芒。這些東西可以獻祭嗎？」

月亮開心地向後豎起耳朵。「這些再適合不過了。」

大家一哄而散，前去尋找獻祭品，徒留幸運待在長滿雜草的空地。甜心當初成為狼犬的貝塔時他並不在場，所以對這樣的儀式一點概念都沒有。

我從前是隻獨行犬，無須承擔任何責任，也不必照顧任何一隻狗，除了我自己。

現在的他已經成為狗幫的其中一員，待在甜心的身邊也令他感覺到溫暖與自在。但是他果真能在這麼短的時間內，從一隻獨行犬晉升至如今的高位嗎？

我是否已經準備好了？

天黑之後，幸運返回跟甜心一塊共用的窩巢。快腿犬跟大家一起外出，尋找獻給神靈之犬的祭品。幸運躺臥在青苔與落葉堆疊的臥鋪上，打了一個長長的哈欠。

此時，貝拉卻出現在洞口，開心地大口喘氣。「儀式的壓力讓你累得難以招架嗎，亞普？」

幸運被這番話惹惱，渾身寒毛豎起。「儀式一點都不令我困擾，」他粗啞著嗓子說。「這是身爲貝塔應擔負的責任。」

貝拉一派輕鬆地坐在臥鋪邊。「實際上你已經是甜心的貝塔——儀式完成後並不會有任何改變。總之，這個角色再適合你不過。」她的眼睛閃爍著光芒，像在說笑。

「這話是什麼意思？」

「呃，這麼一來，你將正式成爲可以指派任務給其他狗的貝塔，而非每隻狗都能找你要答案的救星。」她傾身向前，笑鬧般地蹭了蹭他。

「真是胡扯！」幸運回應，輕咬起妹妹的耳朵。她友善地舔了舔他，他則倒在臥鋪上，喘著氣。

霎時，貝拉一臉嚴肅。「我一路看著甜心爬到現在的地位。我曾經公然挑戰過她，但我不得不承認，她的確是個優秀的艾爾帕，你們兩個可說是合作無間。狗幫在你們的帶領之下，大家都覺得十分有安全感——比起以前也變得快樂許多。舉辦一場儀式正式宣告有何不可？」

幸運感激地望著貝拉，自從他們加入荒野狗幫之後，幸運頭一回覺得兄妹倆如此親近。

貝拉外出尋找獻祭品後，幸運在臥鋪躺下來，進入夢鄉。他的夢境很平和。有一條潺潺溪流沿著峽谷流過。天空閃爍著金色光芒，空氣和煦宜人。長滿雜草的河岸邊點綴著小花，樹上的枝椏在風中微微顫動，其中一個低矮的枝椏打在他的身上。突然間，颳起風，枝椏開始不斷拍打著他的身體。不，感覺一點都不像是在拍打，而像是……誰的鼻子在頂他。

幸運倏地睜開眼睛。發現甜心正用著濡濕的鼻子頂住他的肋骨。巢穴內見不到月亮之犬的光芒，他幾乎看不清楚她的模樣。

「終於醒了！」甜心縮回她的頭。「我叫了你好久！」

幸運站起身，想要驅趕睡意。「怎麼回事？出了什麼事？」

甜心搖搖她的頭。「營地很安全。我只是要你靜靜地跟著我一起走。」

兩隻狗步出洞穴，經過熟睡的狗幫成員身邊。月亮背對著大家端坐在營地邊緣，負責守衛。麥基跟史奈普則相互依偎在低矮的樹枝下方，不遠處的老布魯諾則張開四肢，大聲打呼。幸運不小心踩斷地上其中一根枝椏，只見布魯諾動了動嘴唇，並未驚醒。

幸運望著甜心的長腿輕輕跨過冰涼的雜草，他倆離開營地，朝樹叢的方向走去。他好奇地想問甜心要做什麼，但是他知道自己最好別問。她一心一意向前走著，將枝葉踢往一邊。**我猜答案應該很快就會揭曉**。

等到他們來到樹叢間的一處池塘，甜心終於停下腳步。空氣十分潮濕，到處傳來地犬的氣味，彷彿才剛下完一場傾盆大雨，但是天空中卻不見任何雲層，銀色光芒灑滿整片天空。月亮之犬的尾巴掠過池塘表面，水面閃爍著光芒，微波蕩漾。池塘是否將跟溪流一樣逐漸結冰變硬？

甜心佇立原地，望著水面，幸運加入她的行列。他倆的倒影微微映照在水面。

快腿犬開始說話，目光卻沒離開水面。「儀式的其中一部份，只有艾爾帕跟她的貝塔一塊參與，這部分沒有其他狗會知道。當初我要成爲貝塔之前也經歷過這部分，現在輪到你了。你必須向我宣示效忠，發誓要盡力替狗幫效命——太陽之犬出現之前，你必須完成這些儀式。完成後，你將正式成爲我的貝塔，除非……」她低下頭去，垂下雙眼，然後默默說著。「除非你不想要成爲我的貝塔？現在改變心意還不會太遲。」

幸運步上前去，輕舔她的耳朵。「我不想改變心意。」

甜心抬起頭望著他。「我只是……有時候猜不透你的心思。你是我見過最英勇的狗，但是你似乎不想承擔責任。我還記得我們當初一塊逃出陷阱屋時你說過的話，以及那番想要身爲獨行犬的言論。」

「那都是很久以前的事了，甜心。我也已經有所改變。」他找了個舒服的姿勢坐下來。「大咆哮發生前，我總是獨自生活、只需要照顧好我自己，我也安然處之。等到我遇見貝拉跟那群栓鍊犬後，他們全都仰仗我做決定，我開始害怕，哪天我會不知道問題的解答，讓大家失望。」他清了清喉嚨，咳嗽了一下。「然後再次成爲獨行犬！」

甜心把頭靠在他的脖子上，聲音輕柔。「你難道還不明白嗎？你**從來就不是**一隻獨行犬，稱不上是——你只是還沒找到自己歸屬的狗幫。你已經證明了自己能夠勝任挽救狗幫的重責大任。現在的問題是，你是否願意效忠於我，不論發生什麼事？」

幸運想要變換姿勢，好讓自己可以盯著甜心的眼睛瞧，但是甜心卻把頭重重靠在他的脖子上。他只能對著黑暗說話。「**我始終願意效忠你**。你現在就應該知道，不論發生何事，我至始至終都會待在你身邊。」

甜心心滿意足地嘆了一口氣。「謝謝你，幸運。我需要親耳聽你說出這番話。」

接著，她用尖牙咬住他的脖子。

第四章

燒灼的刺痛感傳遍了幸運全身。甜心用盡力氣把牙齒咬進他的身體。幸運忍不住發出窒息般的嗚咽聲，卻震驚過度動彈不得。

她在攻擊我！

甜心低下她的胸膛，緊貼他的背部，纖細的尾巴繞過他身體的一側。他在甜心的壓制之下渾身怔住不動，感受甜心伴隨著呼吸聲上下起伏的胸膛。他的四肢刺痛，嘗試釐清思緒。傷口傳來了刺痛感，胸腔底下的脈搏不停地跳動。或者這是甜心的脈搏？他倆的脈搏似乎以同樣的節奏跳動著。

甜心鬆開全身的重量後，幸運的四肢才恢復知覺。他的腿部肌肉可以自由活動，隨時可以把甜心甩向一旁，對她大發雷霆，但他卻發現自己並不想要這麼做。他的身體在甜心的壓制下放鬆不少。她身上溫暖且柔軟的毛皮緊貼著他，令他幾乎不再感覺到脖子上的痛楚。跟甜心如此貼近讓他感到安心。**難道這裡就是我歸屬的地方**？

他感覺到甜心的呼吸頻率逐漸跟他一致。接著，她鬆開他的脖子，滑下他的背脊，轉身走到他的面前與他面對面。

幸運盯著甜心瞧，看見她的尖牙上流淌著他的血，鮮血順著她的下唇落到了草地上。「我在你的身上咬了一道很深的傷口，」甜心口氣嚴肅地說。「這個傷口絕對不會被其他狗發現。但這個傷口最後會結痂，只有我們倆知道，你身上流著一個傷疤。你是我的貝塔，你必須永遠向我效忠。」

幸運垂下尾巴，低下了頭。他的身體似乎知道該作何反應，嘴邊不由自主地脫口說出適當的字眼。「的確只有我們倆知道這道疤痕，」他跟著重複。「我的身上帶著你烙下的傷疤，我將永遠效忠於你，甜心——我的艾爾帕。」

一絲不安掠過他的全身。**艾爾帕**……

甜心當初成為狗幫的貝塔時，**她**是否也經歷過同樣的儀式……向那隻狼犬誓言效忠？幸運的目光忍不住在甜心的長脖子上來回游移。她身上的短毛在月亮之犬的映照下顯得柔順有光澤。但是在她的脖子上，是否也烙印著一道疤痕，這個記號沒有任何一隻狗看得見——只有甜心和狗幫的前任領袖知道這一切？

幸運的鬍鬚顫動了一下，醋勁大發。想到他的伴侶曾經跟那隻狼犬如此親密，幾乎令他難以忍受。

甜心目光堅定地望著他。「你已經接受成爲我的貝塔的這個安排。相對的，身爲你的艾爾帕，我在月亮之犬的見證下，將承諾永遠對你忠誠、誠實與勇敢。我將回報你的效忠，永遠保護你。」她低下頭去，目光仍盯著幸運。「如果我打破這個承諾，將不夠資格成爲艾爾帕，我們之間的這層連結也將因此打破。要是我因爲鑄下大錯打破承諾，我將不配成爲艾爾帕，我們之間的關係將永遠無法修復。」幸運從甜心的棕色眼眸中見到一絲惱怒。她是否想起遭到狼犬背叛的事？

他朝甜心的方向步上前去，她舔舔他的鼻子後，目光顯得柔和不少。

「我們之間的祕密儀式已經結束，」她輕聲說。「在月亮之犬的見證下，我們的命運將緊緊繫在一起，現在起，我們將一塊帶領著我們的狗幫。」

甜心與幸運一起走回他們的窩巢，相互依偎。不久，快腿犬便進入夢鄉，她的頭緊靠在幸運的身上。幸運卻無法入睡。他的腦海中不斷思索著那些詭異的夢境，以及即將到來的轉變。

太陽之犬彷彿過了很長一段時間後，才在灰色的天空下伸展四肢，甜心睜開雙眼。「你的脖子還痛嗎？」

幸運朝甜心眨眨眼，令他吃驚的是，他幾乎感覺不到痛。「我沒事。」他喃喃說道。

「很好。那麼我們將進行正式的儀式。」她舔舔他的耳朵，領著他走出洞穴。

此時狗幫成員們已經在樹叢前的空地集結，等著加入他們。他們在幸運身邊圍成一圈，將各自的獻祭品紛紛放在他們的跟前。

幸運望著瑪莎、黛西、史奈普、達特和雷霆，一張張令人欣慰的臉龐。接著，他再望向其他成員，看著月亮以及她的孩子們。他有些坐立難安，十分不自在。他不習慣在大白天進行儀式，坐在狗幫的眾成員之間，看見大家盯著他瞧讓他渾身彆扭。

甜心站在貝拉和麥基之間，抬起頭來。「我所選定的貝塔就在你們的面前。獻上你們各自的獻祭品。」

有著一雙明亮眼睛的史奈普率先步上前。她將獻祭品置於幸運的面前——

小動物們的骨骸，最近才遭到獵殺。彎曲的肋骨上頭，依舊沾黏著些微的血紅色腐肉。幸運嗅聞著獻祭品，然後抬頭看著史奈普。當他們四目相接時，她口氣嚴肅地開口說道。

「我帶給你的獻祭品，象徵你將成功率領大家獵捕到食物，確保狗幫成員永遠不受飢餓所苦。」她步上前去碰觸他的鼻子，接著退回圓圈，加入眾狗的行列。

接著，輪到瑪莎踏進圓圈內。她在幸運的面前擺放了一顆顏色鮮明的黃色石頭。他認得這顆取自池塘河岸邊的石頭。她應該是跟陽光一道前往採集，小陽光嘴裡驕傲地銜著一顆白色的水洗石頭。「這顆石頭格外清澈、光滑。」黑色大狗以低沉、溫柔的聲音說，「這個獻祭品象徵河水之犬將軟化堅硬的河岸，意味著你將減少狗幫成員間的摩擦與嫌隙，讓狗幫團結一致。」她碰觸幸運的鼻子，他則閉起了雙眼。瑪莎這番話令幸運不自覺地感到溫暖與欣慰。有那麼一刻，幸運竟想起了自己的母親。

親愛的孩子，儘管外面的世界很大，而且充滿了危險。但不論發生何事，神靈之犬將看顧著你。當你呼喚著他們，他們將前往你的身邊——保護著你的安全。

幸運再度睜開眼睛時，瑪莎已經退回圓圈，輪到布魯諾步上前。身材魁梧的老狗在幸運面前遞上一根粗樹枝。他說話時，低下他的頭。「這根樹枝強韌粗壯，象徵你的勇氣與榮耀將不受任何風雨侵襲。」

幸運寒毛直豎地望著布魯諾。**他不敢看著我的眼睛。他似乎對自己向狼犬靠攏，希望我退出狗幫的事仍耿耿於懷。**這回，輪到幸運步上前去，碰觸布魯諾的鼻子，他暗自期許眼前這隻老棕狗能明白放下過去一切的體悟——過去的事就別去想了。

不久，每隻狗都拿出了各自的獻祭品，並解釋其象徵意義後，狗幫的眾成員紛紛帶著崇敬的姿態，默默佇立原地，多數的目光都集中在幸運身上——他們的新任貝塔。只有雷霆並未看著幸運，而是兩眼直盯著天空瞧。

幸運朝她身旁走近。「怎麼回事？」他輕聲問。

「沒事，只不過……」她抬起頭，依舊望向天空。「你是否留意過太陽之犬如何從天空的一邊走到另一邊？他每天周而復始，總是向著同一個方向。他如何在沒有我們的注視之下返回旅程的起始點？」

幸運緊蹙眉頭。他從沒想過這個問題。「我不知道。」他坦承。

雷霆低下她的雙眼。「你不知道？」

幸運為令她失望而感到難過，但是雷霆不再是隻幼犬——她必須依靠自己去學習。**她指望我提供所有問題的答案，但事情有時沒有正確的答案。**

甜心發出尖銳的嗥叫聲時，幸運著實嚇了一跳。他見到伴侶的臉龐朝向天空的方向，喉嚨因為發出尖銳聲響，使得脖子的毛髮直豎。長長的嗥叫聲結束後，她才低下頭，望向狗幫成員裡的每一隻狗。

「儀式結束，我的貝塔已經選定。明天過後，狗幫將比從前更加強大。」

她仰起頭，再度發出嗥叫。這回，所有成員都跟著一塊發出嗥叫。

那天晚上，幸運跟甜心一塊兒躺在他倆的窩巢時，他覺得跟甜心比從前更加貼近。如今舉行過正式的儀式後——他們不僅只是伴侶而已，更是艾爾帕和貝塔的關係。他闔上眼睛嘆氣，感覺甜心躺臥在他身邊發出均勻的呼吸聲。**當初在陷阱屋相識時，如果知道未來將會是什麼局面，我也不會等到大咆哮發生後，經歷過一切的磨難，才跟甜心團聚！我肯定會想辦法咬破囚禁她的牢籠，告訴她我們不會有事。**

他閉上眼睛，任思緒流動。他想起囚禁他們的鐵籠，而且幾乎聞到陷阱屋內囚禁的其他狗兒們，以及從他們身上不斷傳來的恐懼氣味。

幸運轉身望向甜心，冰冷的鐵籠阻擋在他們之間，他卻無法接近快腿犬。空氣中瀰漫著岌岌可危的氣味，幸運的尾巴緊貼在兩腿間。他不停地嗅聞著，感覺到隔鄰的狗兒們正陷入睡夢中，致命的危險似乎正在靠近，但卻怎麼也看不清、聞不到……

幸運倏地跳起身來，驚嚇地發出喊叫，此時腳下的地面開始顫動。大咆哮！它不是已經發生過了嗎！**幸運發出嗥叫**。大咆哮摧毀了城市，但是我們卻都活了下來！我爲什麼不斷做著返回陷阱屋的夢境？這究竟意味著什麼？

甜心待在隔鄰的鐵籠內依舊陷入沉睡中。幸運張嘴發出吠叫，他卻見到一隻豐腴的小狗沿著走廊奔跑。幸運抬頭張望，一臉困惑，他將腳爪撲向鐵籠的門，門卻突然消失無蹤，使得幸運因此跌落到地面。當他轉身朝陷阱屋四處張望，發現鐵籠在他的眼前消失得無影無蹤。

幸運驚訝地張口結舌，他渾身顫抖，望著腳底，發現地面都已結成了冰。這一切究竟是怎麼回事？

他朝向漆黑一片的冰凍世界望去。迷霧瀰漫在地平線之上，宛如替天空罩上一層遮幕。一隻身材矮胖的狗從一片漆黑之中走出，背部的毛髮呈現黑色，但是前爪卻是白色的，幸運忍不住驚嚇地發出吠叫。

艾菲！

拴鍊犬轉身望向幸運，雙眼炯炯有神。他的身上不見與荒野狗幫的前任艾爾帕打鬥過的傷痕，渾身幾乎像是從未受過傷。

「你還活著！」幸運忍不住驚呼，朝老友的方向奔去。

艾菲朝後退了一步，緩緩搖著他的頭。

幸運突然怔住不動。此時，他見到艾菲的身體輪廓與天空融爲一體，彷彿成了天空裡的雲層。幸運這才明白。

他並非清醒著……

「我爲何夢到你？」他問。

「因爲我死了之後，一切出現了轉變，」艾菲回應。「我死了之後，每隻狗的命運被重新安排過，你的嶄新命運帶領你走到這裡。」

「這裡？我在哪裡？」幸運望向變動的黑暗中。

「一切幾乎結束了，」艾菲發出咆哮，準備轉身離去。「你難道感覺不到？」

幸運沉默不語，等著自己渾身發顫或是恢復知覺——但是他卻什麼也感覺不到。

艾菲的聲音變得輕柔。「狗幫或許能夠繼續生存下去，只要當雷霆之犬來到，每隻狗都能盡一己的力量。你的責任最爲重要。」

幸運的喉嚨忍不住發出叫聲。「什麼責任？」

艾菲突然背過身去，這隻身材魁梧的狗突然間像是老了許多，且渾身疲憊，他的身體逐漸消隱在漩渦般的迷霧間。

幸運衝上前去。「別走，艾菲！」腳下的地面發出呻吟，耳邊傳來融冰碎裂的聲響。恐懼傳遍幸運全身，腳下的地面開始迸裂，裂開一個大洞……

霎時，他站起身來，朝黑暗眨了眨眼睛。他的心跳加速，大口呼吸。甜心依舊安穩地睡在他的身旁。**剛才不過是在作夢**。

一隻身材矮胖的狗在洞穴外躲躲藏藏。幸運見到了一個黑色的影子消失在矮樹叢間。

艾菲……？

不，艾菲已經死了。這隻狗肯定是他在懸崖邊看見的那隻行跡神秘的狗。

幸運默默起身，繞過甜心。他來到洞穴入口處停下腳步，不知道是否應該叫醒她。**不，我現在是貝塔了；我必須證明我能夠憑藉自己的能力去判斷**。於是他走到寒冷的夜裡，嗅聞空氣。

夜空中厚厚的雲層遮住了月亮之犬的光芒。今天晚上負責看守營地的巡邏犬是達特，現在沒見到他的蹤影，肯定是到營地外圍巡邏去了。幸運跟隨他的嗅覺，循著陌生狗的氣味前去。這股味道令他覺得格外熟悉，但是從寬闊湖水飄過來的冷風中帶著濃重的鹹味，令幸運難以判斷究竟是在哪裡嗅聞過這個味道。幸運緊蹙眉頭，踏在矮樹籬間。對方是隻獨行犬嗎？爲什麼會有狗想要靠近狗幫呢？

幸運倏地抬起頭來。他驚訝地發現陌生狗的氣味愈發濃烈——想必他停下了腳步。

幸運跟著停下來，仔細嗅聞。他並未聞到其他狗的味道，於是決定朝那隻狗的方向逼近，他在垂掛的樹枝下匍匐前進，直到對方的氣味竄進他的鼻子。

大牙！

就在此時，小猛犬從樹後走出，身體搖晃得厲害。幸運見到眼前這一幕倒抽一口氣。雷霆的手足似乎受了重傷，受傷的腳掌不斷地流淌著鮮血。他步履蹣跚，幸運衝上前去，輕輕扶了他一把，讓他保持身體平衡。

「經歷過這一切之後，你還願意幫我？」大牙囁嚅著說，他的聲音粗啞，一臉疲倦。接著，他緩緩端坐在地。

幸運朝後退了一步。「怎麼回事？」

只見大牙低下頭去。「我想要離開刀鋒的狗幫，卻遭到麥斯的攻擊。掙脫離開時，被他咬了一口。太陽之犬在天空來來回回了幾天，我的傷口卻到現在都還沒有痊癒。」小猛犬低下了頭。「我一直在你們的營地外面徘徊，想要求你們幫我治癒傷口，但是我卻無法鼓起勇氣。」他痛苦地嘆了一口氣。「我等到達特前去巡邏，才溜進你們的營地。我不希望你們誤以爲，我想要加入你們的狗幫，也清楚地知道自己毫無機會。只想要引起其他狗的注意，希望能引他到營地外面來幫幫我。」

幸運瞇起眼睛。大牙似乎對猛犬狗幫忠心耿耿——甚至願意殺害自己的手足以證明自己的忠誠。什麼事讓他改變？「你爲什麼想要離開刀鋒的狗幫？」

大牙趴躺在地。幸運從未見過小猛犬如此垂頭喪氣。「雷霆在憤怒試煉中證明了她的能力比我強，而且自制力也比我好。刀鋒對自己得依約放走雷霆的事怒不可遏。她說我們被一隻『能力不及我們』的狗所羞辱都該怪我。她要求猛犬狗幫的所有成員凌虐我。」他的嘴唇皺縮在一塊兒，發出咆哮。「我寧可當時她把我殺了。」他靜默了一會兒，接著抬起頭望著幸運。「他們對付的不僅是我，他們還預謀對付你的狗幫。我想要藉此警告你，你跟麥基打從我出生起就幫助我很多。我不希望刀鋒找到你。」

幸運渾身寒毛直豎。「她打算突襲我？」

一隻夜鶯在隔壁的枝頭上叫著，大牙嚇了一跳，他的目光朝聲音出現的方向轉去。他的四肢忍不住顫抖。「我們在這裡談話不安全。我找到一個臨時避難處，地點很隱密。刀鋒不知道這個地方，那地方距離這裡不遠。你跟我到那裡之後，我再向你解釋，如果……你願意幫我？」大牙向前走了一步，步履蹣跚，臉部表情因痛苦而扭曲著。

幸運趕往他的身邊。「靠在我身上吧。」

他倆沿著谷地外圍緩緩移動，越過池塘和群樹。幸運喘著氣協助大牙走動。他感覺得到猛犬毛髮下的肌肉十分結實。

「不遠了，」猛犬咬著牙說。「沿著懸崖往下方去。」

等到他們抵達懸崖的迎風處，幸運渾身發熱，儘管冷風刺骨。他幫助大牙走過崎嶇的岩石。懸崖的壁面光禿禿地，無法遮蔽冷風和雨水。這樣的冷天裡，想必沒有任何一隻狗能夠在無法遮風避雨的地方安穩入睡吧？幸運望向大牙，他的雙眼因爲痛苦而幾乎半閉著。「你因爲害怕猛犬找到你，才選在**這裡**紮營？」

背後傳來的叫囂聲頓時令他難以招架。「他不是害怕被我們找到……而是因爲太懼怕我們，所以幫助我們引誘他的恩人步入圈套。」

第五章

幸運心一沉，倏地轉身。當他看見刀鋒的身邊站著麥斯與短刀時，不自覺心跳加速。幸運的身後傳來了腳步聲，他朝大牙的方向望去。猛犬狗幫的其他成員來到小猛犬的身後列隊站好，光滑的毛皮底下露出結實的肌肉。幸運的四肢嚇得發顫。唯一的逃生路線便是越過懸崖另一頭，懸崖底下的寬闊湖水，四周堆滿了跟牙齒一樣尖銳的大石頭。眼下似乎無路可逃。

猛犬狗幫的狗將幸運團團包圍！

「把他抓起來。」刀鋒一聲令下。

麥斯與短刀朝幸運的方向走去。他嚇得退縮，以爲他們會朝他的身上狠咬一口。然而，狗老大的手下卻粗暴地推著他，沿著懸崖邊緣移動。

幸運心一沉，前方是一堆尖銳的黑色亂石。麥斯與短刀不斷推著他前進，幸運的目光不停地來回搜索逃生路線。猛犬狗幫的其他成員則不斷在他身後步步逼近。當短刀不停將他朝岩石堆的方向推去時，幸運瞥見了一處陰暗的角落。是個洞穴！山洞就位在懸崖的半山腰。幸運感覺身體的一側不斷被推擠著前進，他滑下了斜坡，踢起一堆小石頭。山洞既黑又潮濕，充滿了這群攻擊犬身上的刺鼻氣味。

這裡應該就是他們新巢穴的位置。

幸運別無選擇只能沿著隧道前去。麥斯咬住他的身體，將他拉進巢穴深處。等到幸運的兩隻眼睛適應了黑暗後，他急著環顧四周卻不見石牆上頭傳來任何光線。

「快走啊，你這隻街頭混混！」麥斯大聲咆哮，前腿用力朝幸運的側身一推，害他撞上石牆。

幸運因爲肩膀的劇烈刺痛而忍不住哀嚎，向前爬了去。一片漆黑的洞穴裡宛如狗兒的長腿般細窄又陰暗。幸運幾乎看不見前面的方向，但是四周盡是猛犬狗幫身上的味道。**長爪們返回鎮上後，猛犬狗幫肯定藏匿在這裡**，幸運心想。**他們應該已經觀察我們好幾天了**。

幸運不禁在心裡咒罵。寒冷的天氣竟讓他聞不到猛犬身上的氣味？「快走啊，你這個蠢傢伙！」麥斯大聲嚷嚷。

幸運加快腳步。洞穴內幾道裂縫透進了月亮之犬的微弱光線，月亮在雲層間冒出頭來。幸運瞇起眼睛。前方有個看起來像是個深色水池的地方，待他走近一瞧，才看清楚那是個陡峭的坡。他怔住不動，心跳加速。他在微弱的光線中無法看清楚底部究竟有多深。**他們打算把我推下去，置我於死地！**幸運感到一陣驚恐。**荒野狗幫的其他成員，可能永遠都不知道我發生了什麼事。甜心肯定會四處尋找我的下落，卻到處找不到我……**他試著想像森林之犬的形象，請求他的幫助，但是漆黑的洞穴內充滿了霉味，哪來的樹木幫助他召喚森林之犬。

幸運感覺到脖子後方傳來一股氣息，他渾身的毛髮直豎。麥斯的嘴湊近他的耳朵喊道。「我說，**上前去！**」

一陣腳步聲從身後傳來，幸運轉過身去，看見刀鋒緊貼著麥斯，眼睛閃爍著滿足的光芒。她的聲音柔細。「終於等到這一刻了，混街頭的。你有什麼遺言要交代？」

「別這麼做。」幸運聽見自己向對方求饒。不，刀鋒並沒有強迫他變成懦夫。他嚥了嚥口水。他不會懇求對方對他大發慈悲。「我沒什麼話要對你說。」

刀鋒的聲音中不免透露著失望。「再會了，雜種狗！」她湊向幸運的身體，露出牙齒。幸運下意識朝後方一躍，四肢在深不見底的洞穴邊緣抓扒了一陣，接著伴隨著一聲慘叫，往下墜落。最後，他的頭撞擊到堅硬的地面，傳來一陣痛楚，然後就失去了意識。

空氣中傳來了灰燼和煙霧的刺鼻味。幸運望向長爪的殘破城市。街角竄出燃燒的火苗，儘管天犬不斷降下傾盆雨水。空氣中不斷盤旋著灰濛濛的塵埃，讓幸運覺得喉嚨難受。塵埃逐漸形成一道黑色布幔，阻擋太陽之犬的光線。幸運知道自己再也感受不到太陽之犬發出的炫目光線——偉大的神靈之犬退回到各自的角落。

猛犬狗幫的成員們沿著殘破的街道肩並肩地行進著。尖銳的吠叫聲劃破空氣，幸運不禁害怕得發出嗚咽聲，但是他們的隊伍卻從他面前經過，對他視若無睹，彷彿當他不存在。

幸運待在滂沱大雨中，渾身顫抖。他經過從前曾經乞討過殘羹剩飯的食屋，但是這地方什麼也沒有——長爪們早已銷聲匿跡。整座城市現在歸猛犬狗幫所有。

沒有任何的狗能夠「擁有」城市，幸運心想。地犬為何不再度發出咆哮，將他們驅離，或給他們一些教訓？幸運舉起前腿拍拍地面，尾巴緊貼在身體的一側。他感覺不到地犬在腳下活動。地底冰冷、沒有任何生命跡象，而且寂靜。地犬彷彿暈了過去。

幸運聽見身後傳來憤怒的吠叫聲，他回過頭看見麥斯跟短刀待在一群狗的後方。這群狗紛紛低著頭，垂著尾巴。

「繼續前進，奴隸們！」麥斯發出咆哮，朝他們的腿咬去。

幸運的目光落在金色毛髮的狗兒身上。她的模樣看起來十分熟悉，但是她身上的毛髮坑坑巴巴且稀疏，走起路來很是吃力。她的其中一隻後腿扭曲變形。「貝拉！」他大聲驚呼。「貝拉，你怎麼回事？」

他的妹妹頭也不回地走著。

他注意到一隻棕色老狗，還有一隻毛髮宛如絲線的小狗。布魯諾跟黛西！幸運驚訝地大喊。這群奴隸全是過去的狗幫成員，但是他們看起來全都傷痕累累、飢腸轆轆而且疲憊不堪，連他都幾乎認不出來。麥基緊貼在瑪莎身邊尋求依靠，就連身材一向結實的大黑狗也難以行走。最後，幸運才注意到甜心……

幸運感到難過不已。快腿犬瘦得只剩皮包骨，四肢宛如彎曲的樹枝。她的臀部出現一道撕裂傷，流了許多血。

鮮血順著短刀的下巴往下流。

幸運怒不可遏。「放開她！」他大聲嚷道，但是他們似乎聽不見他的聲音。他試著朝甜心的方向奔去，但是他的四肢卻動彈不得。他低頭一看，見到鮮血順著他的腳掌流下。

這些血打哪兒來？他閉上眼睛。猛犬狗幫的狗兒們，正對荒野狗幫的成員們一陣啃咬，驅使他們前進。他們行經過一座堆滿黑色毛髮的小丘，小丘的規模跟籠車一樣大——不，應該說跟荒野狗幫的營地一樣大——掩埋在殘堆瓦礫的下方。小丘汩汩地流出一道鮮血，蜿蜒流過殘破的街道，舔著幸運的腳掌。

刀鋒登上堆滿毛髮的小丘，爬到最頂端，驕傲地站在那裡，四周一片野火熊熊燃燒。但是她究竟站在什麼東西上頭？難道眞是……

幸運眨眨眼，不可置信地甩動他的頭。

是的，沒錯——刀鋒征服了地犬！

幸運移開他的目光，卻發現自己突然被囚禁起來，眼睜睜望著陷阱屋的牆面。他的口鼻壓擠著鐵籠的門，其他狗兒則睡在他的四周。陷阱屋一片寂靜無聲，但是空氣中卻隱約傳來動靜。不知什麼東西正朝著他前來。

幸運拍打著鐵籠的門，接著向後一退，一臉困惑。我爲什麼一直不斷地返回這個地方？

艾菲出現在鐵籠間的走道上，抬頭望著幸運。他的聲音輕柔。「不要緊。你知道該怎麼做。」

幸運抓扒著鐵籠。「我不知道該怎麼做！你得告訴我！」

他的聲音驚醒了其他的狗兒。陷阱屋內開始傳來他們驚慌呼喊的聲音，腳下的地面開始震動。

「艾菲，你難道不願意幫我？」幸運問。「我該怎麼辦？」他朝鐵籠的方向撞過去，臉龐壓在鐵條上，雙眼緊閉。

等他再度睜開眼睛時，陷阱屋內一片血光，鮮血沾染了幸運的口鼻，從他的鬍鬚間往下流。味道聞起來發臭，宛如灰燼和腐肉的氣味。他這才明白是怎麼回事。

這些是地犬身上的血。

幸運睜開眼，望向一片漆黑。我還活著！他的額頭滲著汗水，流往他的鼻子。他抬起沉重的頭顱，望向天花板。他待在一個洞穴裡，深入猛犬狗幫的巢穴，位處在懸崖內部。他記起了救援小隊曾在靠近荒野狗幫的領地附近，發現懸崖內部的通道，荒野狗幫的成員越過這些通道，遠離寬闊湖水。他的頭因爲受到劇烈撞擊而隱隱作痛，除此之外，他似乎沒受什麼重傷。他小心翼翼地伸展四肢，發現自己並無大礙。

他站起身，環顧四周。洞穴頂端似乎有一道縫隙，幸運從中見到了月亮之犬，以及太陽之犬投射的第一道光線。

他的心中因此感覺輕鬆不少。太陽之犬似乎安然無恙——猛犬狗幫尚未消滅他。他緊蹙眉頭思索。

剛才不過是做了一個噩夢。儘管猛犬狗幫有再大的本領，也擊敗不了神靈之犬。他們哪來如此天大的本事。

空氣中帶著鹹味。附近或許有一條河川，通往寬闊湖水。這說明了洞穴的頂端爲何不斷地滴著水。幸運走到洞穴邊緣，以後腿站立，搜尋出口。壁面太過陡峭，無法攀爬。他試著用腳爪固定在崎嶇的岩石表面，卻無法找到施力點。

他聽見身後傳來不懷好意的訕笑。幸運轉過頭去，看見刀鋒站在洞穴頂端的通道，向下怒視著幸運。

「希望你做了一個甜美的夢。」她的聲音刺耳。猛犬狗幫的艾爾帕，眼睛裡似乎帶著勝利的喜悅。

幸運幾乎不敢正視對方的眼睛。「如果你存心想要摧毀荒野狗幫，抓到我時爲什麼不乾脆解決掉我的性命？」他說。「你肯定下不了手！」

刀鋒走往洞穴邊緣，不懷好意低下她的頭。「不要小看我，街頭混混。我絕對是個狠角色，我很樂意證明給你看。」她一副嗤之以鼻的模樣。「你眞以爲要除掉你有這麼困難？你當上貝塔後，腦袋似乎更加不靈光。」

幸運忍不住露出驚訝的神情。她是怎麼知道這件事的？

「噢，你的腦袋裡在打什麼算盤我都知道，」她繼續往下說。「大牙見到你跟那隻瘦弱的快腿犬進行那場感人的小儀式。別誤解，在某些方面我的確很佩服她。她不但強悍，還將狗幫治理得井然有序，要帶領一群雜種狗的確不容易。不幸的是，她跟那群荒野狗幫的成員一樣笨，她的治理方式缺乏**紀律**。」

幸運的喉嚨發出低吠。儘管他的內心仍充滿恐懼，不過內心卻湧現另一個憤怒的情緒。「你別把她扯進來！」

刀鋒緩緩搖著頭，志得意滿地舔了舔她的下巴。她趴躺在地，低下頭，橫在洞穴頂端的邊緣。「一切都太遲了。你認爲狗幫的同伴發現你不見蹤影後會怎麼做？他們輕易地就能夠追到這裡來，就算沒有大牙留下的血漬氣味。一群忠心卻缺乏大腦的傢伙——這便是荒野狗幫的問題所在。她肯定會中了我的圈套。」

「你別對甜心下手，她並沒有威脅到你的地位！」幸運發出怒吼，他依舊覺得腦袋昏沉沉的。

刀鋒仰起她的頭。「你這個蠢蛋！你當真以爲我在乎那隻不堪一擊的艾爾帕？我要找的是那隻小猛犬。我要撕裂她的喉嚨，讓她不再造成任何傷害。」她的聲音變得清脆。「我將親自**終結**這個威脅。」

幸運的背脊一陣發涼。「你口中的『威脅』是什麼意思？雷霆一點也沒有要取代你的意思。只要你離她遠一點，她一點都不會威脅到你！」

「你真是大錯特錯，」刀鋒拉高音量。「那隻小狗會毀掉我們——不論是猛犬狗幫、荒野狗幫或是栓鍊犬，我們全都難逃被毀滅的命運。我在夢中預見到這一切。」

幸運屏住呼吸，渾身怔住，啞口無言。他不也在自己的夢中見到雷霆對他們造成的威脅？他想要把夢境中的一切告訴刀鋒。她是否也在夢中見到雷霆之犬們，在紛飛的大雪中發生的一場激戰？他打起精神，用力甩動身上的毛髮。刀鋒害怕的不過是跟雷霆交鋒時失了手。或許跟雷霆之犬和他所預見的一切毫無關聯……

此時刀鋒睜大了雙眼。「我見到了這個世界走向毀滅。如同大咆哮發生時，地犬的傷口蔓延的大片鮮血，血流成河；我也看見了這一幕！如今地犬不但渾身痛苦且充滿憤怒。唯有更多鮮血才能報復祂所受到的傷害！」她露出嘴裡的尖牙，喉嚨發出低吠。「小猛犬將引發一場末日大戰，戰爭將天空分裂成兩邊，世界沾滿了鮮血與白雪。只有一個方式才能阻止這一切發生，神靈之犬已經告訴我該怎麼做。大咆哮發生後，我必須阻止小猛犬的誕生。地犬要求獻祭品，如果沒有達到她的要求，她將再次發出大咆哮，將我們全都摧毀！」

幸運瞠目結舌，胃部翻攪。他昏沉沉地記起，當初他跟麥基在狗花園裡發現的那隻喪命的幼犬。這隻幼犬並非雷霆與大牙的手足。「你殺死自己的孩子。」幸運倒抽一口氣。

刀鋒一陣退縮，彷彿受到打擊般。接著，她的表情變得嚴峻。「我不過是做我該做的事。」

「那麼拉拉……」幸運想起那隻羸弱的幼犬，內心一陣痛苦——他是當初救出的小猛犬中，最虛弱也最善良的狗。

刀鋒一副毫不悔改的態度。「要是再回到以前，我還是會殺死他。當初我帶領狗幫離開狗花園時太過粗心，我以爲殺害狗母親後，幼犬也必定無法存活。是你將他們偷走，毀了我的計畫，但是我會設法彌補。神靈之犬已經交代了我，這回我不會再令他們失望。」她站起身來。「大咆哮是否再度發生，決定權在我身上。首先，我得先解決雷霆後，再殺死她那隻沒用的手足。我承諾這次會迅速解決掉他的性命，他這次把你引誘出來也算是立下功勞。」

刀鋒轉身朝通道大喊。「飛羽！」

幸運聽見一陣腳步聲朝他走來。過了一會兒，他看見一隻小猛犬，年紀並不比雷霆跟大牙大多少。他不像狗幫其他成員那般，在脖子上戴著頸圈，但是他的耳朵跟利爪一樣尖尖的，不像大牙的耳朵那般參差不齊。長爪肯定以殘酷的方式削去他的耳朵，這意味著這隻小狗是在大咆哮發生前出生的。他戰戰兢兢地站在一旁，等候刀鋒下達命令。**如果他是在大咆哮後出生，不曉得他是否知道自己離危險有多近，隨時可能遭遇不測**？幸運納悶著。

「準備好了嗎？」刀鋒問。

「是的，艾爾帕！」飛羽回答。

兩隻猛犬一同消失在通道內。

幸運依舊感到頭暈目眩。他得盡快離開這裡，警告他的狗幫同伴別誤入陷阱。但是他應該怎麼做？他抬起頭來思索著。遠處那道牆似乎較不崎嶇，略微傾斜。如果他加速前進……用盡力氣跳上洞穴頂端，再用前腳攀住的話應該可行，但是岩石實在太過堅硬且濕滑，根本無法著力。他滑落壁面，重重摔落在地。

幸運盡可能保持冷靜，撫平內心的挫折感。他深呼吸一口氣，開始繞著牆面打轉。一道小水流順著石頭向下流，上頭長了一小叢青苔。**或許，我可以抓緊這些青苔攀到頂端**。

他以腳爪試了試青苔的抓地力，有些青苔因為承受不住力道落了下來，不過其他部分似乎緊緊依附在石頭上。**如果我能夠趁青苔鬆脫石頭之際，迅速登上洞穴頂端……**

於是幸運盡可能地向後退開一段距離，然後奔向牆壁。他用爪子緊緊抓住青苔，感覺到腳底的青苔逐漸鬆落。時間足夠他趁機攀附上去。

我辦到了！幾乎快找到出口！

他感到一陣欣喜，伸出前腿想要跳上洞穴頂端。

他的眼前突然間閃過尖牙的影子，前腿立刻傳來一陣刺痛。

第六章

幸運發出一聲嗥叫，在黑暗中瞇起眼睛。他在洞穴頂端認出眼前狼一般的身影。**艾爾帕！從前的領袖！**狼犬咬了幸運一下，發出勝利的竊笑。

一陣燒灼感傳遍他的腳爪，他一時失去重心，摔落壁面，最後重重摔在洞穴內的潮濕地面上。傷口上像被撒了鹽，幸運忍住痛苦不發出聲響。他緊咬著牙根。**我絕對不會讓這隻狼犬稱心如意！**

荒野狗幫的前任領袖在洞穴頂端來回徘徊。他的身影襯著天空，在黑暗中投映出他的長臉，但是幸運在黑暗中仍然看得見他那雙冷漠的黃色眼瞳閃爍著邪惡的光芒。

「你總學不會教訓，」狼犬發出咆哮。「老想要扮演英雄。你難道不知道自己有多蠢？掉入這種可笑的陷阱中。發生這一切之後，你怎麼還能夠信任大牙所說的話？你盡信每一隻狗。」

「我知道你說的沒錯，」幸運做出回應，他忍著腳傷，盡可能站起身子。「我一見到你就知道你並非善類。你殺死艾菲。」

狼犬停止踱步。「**艾菲**？」他似乎一臉困惑。

幸運內心一陣惱怒。他甚至不記得艾菲的名字！可見他在狼犬的心裡有多麼地微不足道。

狼犬若有所思地抬起頭。「噢……那隻小胖狗拴鍊犬？他未經允許擅自闖入我的地盤。他跟他的雜種犬同伴是荒野狗幫的一大威脅，我不得不出此下策。」

幸運朝他大聲咆哮。「你殺死一隻善良的狗，甚至一點都不感到難過懊悔。你真是邪惡！你喜歡將其他狗玩弄於股掌之間，利用他們，就像這回你很高興我中了刀鋒設下的圈套。」

狼犬站在洞穴頂端傾身向前，露出尖牙。「你什麼都不知道，」他發出咆哮。「這一切跟**你**一點關係都沒有。」

「哦，真的嗎？」幸運覺得好笑。「那麼跟什麼有關係？什麼原因讓你選擇背叛自己的狗幫，投靠猛犬狗幫？」

狼犬一臉戒慎恐懼地望向通道，他壓低聲音說。「我是爲了生存才會這麼做。爲了活著，我什麼都願意做。如果其他的狗都跟我有一樣的想法，我們狗兒才會更加壯大。」

幸運嘆了一口氣。「荒野狗幫不也過得很好。栓鍊犬加入以後，大家都相處融洽。看見你掉入寬闊湖水，大家還以爲你死定了。狗幫的成員們還替你舉行哀悼儀式。」**呃，多數狗幫成員的確為此哀悼**。幸運不得不承認見到狼犬落水，他的心裡可沒有太多悲傷。「所以你因此選擇投靠猛犬狗幫！你恨透了他們，這一點都說不通。」

狼犬壓低了聲音。「過去我的確恨透了猛犬們的殘酷無情。我不欣賞他們被長爪訓練成只會行使暴力。這一切是在大咆哮發生前，我對他們的認知——他們不過是一群長爪的爪牙。」他鬼鬼祟祟地向後張望。「但他們現在今非昔比，已不替任何人賣命。自從我帶領的狗幫有栓鍊犬的加入後，我見到整個狗幫潰不成軍。相反的，猛犬狗幫卻上下團結一致。我十分敬重刀鋒，欽佩她的思緒清楚和領導的能力，以及帶領狗幫的紀律。」

幸運滿懷挫折地搖晃他的頭。「所以你才對他們低聲下氣、搖尾乞憐？在裡面當個打雜的，最後一個享用食物？」

「我不會永遠是個歐米茄。」眼前這個前任艾爾帕用舌頭舔了舔他的牙齒。幸運見到狼犬身上的毛髮散發出銀色的光澤。太陽之犬此時升上了天空。「邁向成功之路的過程中，天分扮演了一個重要的角色，就連在猛犬狗幫也不例外。有誰能夠想出，把你引誘到這裡來的主意？」

幸運幾乎難以控制自己的怒火，但他卻抬起頭，壓抑住內心的怒氣。「你近來在猛犬狗幫的身分不過是個歐米茄，可不是？」

狼犬不甘示弱地皺起嘴。「我不是歐米茄，也不再是艾爾帕。你永遠不會知道我**真正的**名字。」他張開嘴想要繼續往下說，卻豎起耳朵、渾身緊繃，飛羽此時正沿著通道另一頭朝這個方向走來，嘴裡銜著一塊殘破的漂流木。狼犬立刻像隻遭受責罵的幼犬般溜走，消失在通道另一頭。幸運看著飛羽將木頭放置在歐米茄剛才所處的位置，阻斷幸運往上攀爬的機會。

飛羽忙著眼前的工作，彷彿當作幸運不存在。他將木頭放置在所屬的位置後，便返回通道，留下幸運獨處。

寬闊湖水颳起了一陣風。幸運聽見浪花拍打的聲音近在咫尺，也嗅聞到空氣中的鹹味。他冷得發顫，潮濕的洞穴裡沒有任何可供取暖的地方。

他輕輕發出一聲嗚咽，試著甩動身上的毛髮好取暖，就像月亮教過她的那樣，卻似乎幫助不大。他在洞穴裡來回走動，腳底踩踏著冰冷的積水。他抬起頭望向天空，見到月亮之犬已經離開，灰黑色的雲層中只見到太陽之犬微微露著光芒。神靈之犬究竟發生何事？幸運曾經因爲覺得受到祂們的庇佑而感覺十分安心，但是自從地犬發威後，他似乎感受不到這樣的安全感。

那些關於雷霆之犬的夢境，是否跟這一切有關？他回想刀鋒所說的那番話。**她竟在夢中見到相同的景象——也清楚地知道，雷霆絕對脫不了關係**。更令他擔心的是，他們見到的不是夢境，而是現實中將要發生的事。**這肯定是神靈之犬捎來的信息**。然而，雷霆自己卻沒意識到即將發生的危險。**如果夢境是神靈之犬帶來的預兆，祂們究竟為何要警告我？還有刀鋒的夢境怎麼解釋？雷霆為什麼感受不到即將臨頭的厄運，如果她在其中扮演了一個關鍵性的角色？**

而我自己在這起事件中，又扮演著什麼角色？

太陽之犬在洞穴頂端的洞口外盤旋。幸運只能眼睜睜地望著祂，希望偉大的神靈之犬能夠帶給他一些溫暖。寬闊湖水帶來的水氣順著洞穴上方滴落，在腳邊流動著。積水很快便形成了一個水窪，得經過一段時間才會退去。幸運腳底就這麼不停踩在積水當中，更糟糕的是水深逐漸漫過他的身體。

如果積水不退？我恐怕要淹死在這裡。

他飢腸轆轆、喉嚨乾渴。他知道自己不能喝腳底下的積水。**帶有鹹味的水只會讓喉嚨更加乾渴。**他感覺有些頭暈目眩、四肢發顫，因爲他的身體實在過於虛弱且寒冷。

他將身體緊貼著洞穴的壁面，試著挺直身體，盡可能保持毛髮乾燥。雲層堆積，刺骨寒風從懸崖縫隙透了進來。在冷風的吹拂下，鹹水宛如利齒啃噬著他的身體。他抬高受傷的腳掌，不時舔舔傷口。他不禁感到悲從中來，努力在心中想像著夏日的蓊鬱樹木以及和煦微風的畫面。他想起自己最愛的神靈之犬，一路走來總陪伴著他經歷過幾次災難。

明智的森林之犬，請不要讓我獨自在絕望中挨餓受凍。如果祢能夠幫助我逃離這場災厄，我將成為這世上最英勇、謙卑與忠誠的狗兒——倘若我有幸再次見到蓊鬱的森林。

他的腦海中出現樹葉上集結的甜蜜露珠，想像露珠滑進他的喉嚨。他低垂著頭緊靠著牆，思緒混亂。濺潑在口鼻上的鹹水根本無法與甘甜的露珠相媲美。鹹水刺痛他的鬍鬚，但是他已經沒有多餘的精力甩開積水。刺骨寒風啃噬他的身體，他的身體忍不住劇烈顫抖著，呼吸急促。

「幸運！」

幸運整個腦袋昏沉沉的，抬起了頭。一隻身材纖細、姿態優雅的狗兒，高高站立在洞穴頂端。**甜心**？這是夢嗎？

貝拉出現在甜心身邊，望著飛羽堆放的成堆漂流木。這不是夢——他們全都前來拯救幸運！來到這個布滿崎嶇岩石的山洞，一個草木不生的地方，森林之犬聽見了他的祈禱！

霎時，頭頂傳來一陣腳步聲，一個深色的漆黑頭顱站在貝拉跟甜心之間。

雷霆——她也跟著大家一塊兒過來……

幸運內心的喜悅之情立刻煙消雲散，四肢一陣冰冷。希望這一切只是夢境。如果這一切是真的，甜心跟狗幫其他同伴當真前來救我，這就意味著刀鋒的邪惡計畫應驗了。

第七章

幸運聽見頭頂傳來一陣吵雜聲，甜心、貝拉跟雷霆正忙著搬開成堆的漂流木。

他們真的在這裡。

「不，」幸運粗啞著嗓子喊道。他啞著嗓子，用力吞嚥口水，試著擠出字句，警告同伴別誤入刀鋒的陷阱。

「不要緊，」貝拉安撫他。「你別說話。」她伸長了自己的腿，拍拍洞穴的岩石壁面。「盡可能嘗試用後腿向上跳。」

幸運頭暈目眩，眼前模糊一片。他試著專注地望向妹妹的方向。他深吸一口氣，奮力伸出前腿攀住岩壁。雷霆出現在洞穴頂端，焦急地抬高她的頭。幸運的後腿顫抖得厲害，他的身體幾乎站不直。他闔上眼，試著不去想身體上的痛楚，雷霆則用她強而有力的下顎咬住他的脖子，用力地將幸運向上拉起。他感覺到甜心跟貝拉湊了上來，合力將他從底下拉往洞穴上方的通道。

幸運渾身虛軟無力地趴躺在他們面前，大口喘著氣。他的鼻子前端有一小灘水，幸運仔細嗅聞。是雨水！他舔著雨水，感覺乾淨的冰涼雨水滑進他的喉嚨。

他在內心暗自感謝森林之犬。**儘管森林之犬距離遙遠，卻沒有遺棄我**。甜心舔了舔幸運的臉龐。「現在沒事了。我們趕往這裡來，要帶你返回家園。」

幸運發出令人憐憫的聲音說。「你不明白。刀鋒正希望你們找到我。這是個圈套。」

雷霆態度堅定地搖著頭說。「我們仔細勘查過路線，才找到了你。這裡沒有其他狗。」

幸運端坐身子，站了起來，感受雨水的滋潤。他仔細嗅聞空氣，的確沒有聞到猛犬殘留的氣味，內心不禁燃起一絲希望。**也許雷霆說得對。刀鋒怎麼可能退出她的領地**？

說時遲那時快，通道間傳來一陣叫囂。「我就知道你們太過單純愚蠢，才對危險毫無防備。」

幸運與其他同伴倏地轉過身去，在黑暗中見到刀鋒那對尖耳朵。她遠遠站在通道另一頭，率領的狗幫成員則在她身後排列整齊站立著，身上的毛髮濡濕光滑。

他們肯定在寬闊湖水中洗去身上的氣味，幸運這才明白。**這就是為什麼我們沒有聞到他們的氣味**。

甜心望向崎嶇不平的洞穴內側，接著將目光轉向猛犬狗幫。「我們得直接朝他們的方向衝過去，」她輕聲說道。「他們面前有條通道通向另一處——有點像是小通道。我們讓猛犬狗幫來個措手不及，在他們弄清楚發生何事前，鑽進那裡，說不定有逃脫的機會。」

貝拉迅速點點頭。「但是我們的速度得夠快才行。」

幸運渾身僵硬，打算跟著照辦。他依舊感到頭暈目眩，四肢因爲飢寒交迫而劇烈顫抖著。

我不確定自己辦得到。

但這時候哪來的時間多想。甜心一股腦地向前衝去，朝猛犬狗幫的方向使勁猛衝。快腿犬沿著通道的方向，朝刀鋒猛攻時的確令對方招架不住。

貝拉和雷霆也跟進艾爾帕的動作，最後輪到幸運，他費盡力氣才能穩住顫抖的四肢。其他同伴要趕上甜心的步伐已經不容易，幸運則嚴重地落在後頭。

「準備受死吧，你們這群殘暴的狗！」甜心朝對方大喊道。

幸運望著前方，見到刀鋒的臉露出困惑的表情。**她對甜心的這個舉動一點心理準備也沒有——完全猜想不到。她不敢相信荒野狗幫竟膽敢在她和猛犬狗幫眾成員面前，做出這樣大膽的行徑。**

刀鋒的遲疑讓快腿犬佔了上風。甜心的舉動看起來像是要朝刀鋒迎頭撞上，卻在千鈞一髮之際轉變方向，趁機鑽進一旁的狹小通道，避開猛犬狗幫。

刀鋒惱火地睜大雙眼。「快去追！」她發出怒吼。

猛犬狗幫所有成員立刻將火力全都轉往貝拉、雷霆跟幸運身上。

「就算置他們於死地，也在所不惜！」刀鋒大聲呼喊。「但是別讓那隻小猛犬逃了！**我要你們把她活抓起來！**」

貝拉加速奔逃，倏地一個轉身，進了小通道裡，躲開猛犬狗幫的攻擊。雷霆緊跟在貝拉身後，幸運則不停驅使著疲憊的四肢奮力跟上。**我們必須得跟上甜心和貝拉的腳步，趕在刀鋒之前鑽進小道裡！**幸運咬著牙，忍著痛楚往前奔跑，卻發現自己逐漸趕上雷霆。**她慢了下來，**他驚訝地發現。**她為什麼這麼**

做……？

幸運突然一陣恐懼，因爲他發現雷霆想讓猛犬追趕上她。**她根本不想逃走——她想要正面迎戰**。

幸運覺得自己必須及時趕上雷霆。「快跟上我！」他大喊。「我們必須緊跟著甜心。可不能在這緊要關頭功虧一簣。」他與雷霆的目光相對，見到她眼睛裡的怒火。

「我跟刀鋒還有帳要算！」她大聲咆哮。

「現在不是算舊帳的時候！我們寡不敵眾！你難道希望見到甜心跟貝拉受傷？還是你想要自己去送死？」他咬緊牙根迫使自己跑得快點，只能不去想著前腿的腳傷。最後，雷霆終於趕上他的腳步，跑到他的身邊。他倆在千鈞一髮之際鑽進了一旁的小通道，一群怒不可遏的猛犬在他們身後緊追不捨。

我們肯定能夠躲過他們的攻擊！幸運的內心不禁感到一陣欣喜。

但是事情似乎出現蹊蹺。跑在前頭的甜心和貝拉竟停下腳步。幸運跟雷霆緊急剎車，跟著停下來，氣喘如牛。

幸運摸不著頭緒地瞇起了眼睛。他的心跳加速，尾巴僵硬。他看見前方正站著三隻身形壯碩的猛犬。他們脖子上頭的頸圈閃閃發光——除了中間那頭狗的脖子上什麼也沒有。他的身材較其他兩隻狗嬌小，模樣看起來不過像隻小猛犬的身形，不過渾身上下結實的肌肉讓他看起來年紀較長。幸運認出那對被其他狗咬掉的耳朵。**大牙……**

他聽見身後傳來了一連串的腳步聲，回過頭去，看見刀鋒跟猛犬狗幫的其他成員。看樣子插翅難飛——他們已被前後夾攻，無處可逃。

雷霆頸背高聳，低下她的頭，喉嚨發出低吠。她無視一旁的同伴，朝刀鋒的方向挺直身體。「你們向來就愛耍這些把戲！根本不敢跟我們正面攻擊。」她朝猛犬狗幫的艾爾帕走去，甜心與貝拉立刻衝到她的面前，阻擋她的去路。

「冷靜點。」甜心壓低聲音對她說。

雷霆止不住內心的憤怒，聲音發顫。「我早該知道猛犬狗幫的領袖不過是個**可悲的懦夫**！」

刀鋒突然渾身僵硬，氣得睜大眼睛。「是你跟這群雜種狗夾著尾巴逃走！」她說。「竟膽敢指責我是懦夫？」

幸運舔了舔雷霆的耳朵，試著安撫她、讓她冷靜下來。「刀鋒故意要激怒你，」他提醒雷霆，心裡卻忍不住憶起猛犬狗幫的艾爾帕提到過的夢境預言。

小猛犬將引發一場末日大戰，戰爭將天空分裂成兩邊，世界沾滿了鮮血與

白雪。

幸運嚇得背脊發涼。刀鋒並不想跟雷霆對戰——她希望雷霆**命喪黃泉**。猛犬狗幫的領袖抬起她的頭。「大牙，你過來這裡，」她大聲咆哮。「走到我身旁來，親眼見證手足的死亡。」

小猛犬迅速點點頭後，便一瘸一拐地走向刀鋒，從甜心和貝拉中間穿過，越過雷霆，眼睛直視著前方。

儘管發生了這麼多事，幸運內心仍不禁替大牙感到遺憾。他依稀記得當年自己跟麥基從狗花園救出的這隻小狗雙眼清澈明亮、充滿了靈氣。大牙現在的模樣跟當年已經相差甚遠——捲曲的毛髮底下，皮膚鬆垮垮的，遭到深度啃噬的痕跡也清晰可見。一舉一動都令小幼犬苦不堪言。

他們簡直毀了他，幸運心想，內心充滿了遺憾。**要是當初他選擇跟我們在一起，也不會遭受這樣的待遇**。

大牙拖著腳步走向刀鋒，一副不自在的模樣坐在她的身旁。艾爾帕的雙眼在半明亮的光線中閃閃發亮，她伸長了舌頭舔了舔參差不齊的牙齒。

幸運嘆口氣。**大牙只想跟自己的同類在一塊，即使在他見到刀鋒殺死拉拉之後**。幸運感到渾身緊繃。刀鋒爲何讓大牙活命？**他跟他的手足們不都是在大咆哮之後才出生的嗎？

幸運緊蹙眉頭，他回想起刀鋒的那番言論，渾身皮膚不自覺皺縮了起來——她說要迅速解決掉大牙的性命。儘管她尚未「解決掉」雷霆，但是她是絕對不會放過毀滅他者的機會。

「大牙！」幸運連忙對他發出呼喊。「快跑！快離開這裡！」

小猛犬還來不及反應，刀鋒便在毫無預警之下倏地轉身，用她的尖牙咬住大牙的喉嚨，殘酷地扯掉上頭的毛髮。鮮血立刻從大牙脖子上的巨大傷口噴濺而出，潑在通道的壁面上。鮮紅色的撕裂傷口發出駭人的噴血聲。小猛犬渾身抽搐，一陣猛烈衝撞之後，便倒臥在地。他不斷踢著後腿，前腿則抓扒著壁面，渾身被自己所流出的鮮血染紅。

雷霆見狀發出駭人的尖銳叫聲，除此之外，這一刻沒有任何一隻狗發出任何聲響。

幸運望著大牙渾身不斷地劇烈抽搐而驚駭不已，全身怔住不動。無懼過去也曾遭遇過如此悽慘的下場，神靈之犬曾經給過他預示，卻對這隻小猛犬沒有任何的交代。

大牙正朝死亡前進。

刀鋒帶著勝利的態度走向他。

在場每隻狗皆被眼前的這一幕嚇傻了。猛犬狗幫的所有成員們保持緘默佇立在原地，荒野狗幫的成員則嚇得簇擁在一塊。

刀鋒取得了勝利。她用強而有力的腳掌一把將大牙推向壁面，然後舔去毛髮上沾染的血跡。大牙依舊渾身劇烈抽搐，兩隻眼睛向上翻瞪，宛如月亮之犬般又圓又白。最後一道鮮血噴濺完後，他的頭便垂向一旁，身體一動也不動。

「你殺死了他，」幸運倒抽一口氣。「他對你那樣忠心耿耿——而你卻**殺死他**。」

刀鋒用力朝地面一踩。「這件事跟忠心一點關係也沒有。我是在拯救在場的每一隻狗——你們應該感激涕零！」她迅速將目光瞥向她的狗幫。「我接獲神靈之犬給我的預示，大咆哮後出生的幼犬皆須被處決。現在，只剩下一隻狗的性命尚未解決。」刀鋒睜大了眼睛，她舔了舔大牙留在她深色鬍鬚上的最後一道血跡。猛犬狗幫的艾爾帕怒視著雷霆。「現在該把事情做個了斷，解決掉僅存的最後一隻幼犬的性命。」

幸運步上前，阻擋刀鋒的去路。他戒慎恐懼地回頭望著雷霆。

小猛犬的臉上不再有驚駭的表情，她的嘴角因為憤怒而扭曲著，從沾滿鮮血的手足身上，抬起她的頭。她用著身上結實有力的肌肉，一把將幸運撞向一旁，朝刀鋒的方向猛衝過去。

刀鋒壓低她的頭，也準備朝雷霆的方向猛衝。霎時，她突然抬起了頭。

「有大事要發生！」她喘著氣說。

雷霆跟著停下腳步，左右張望。

幸運也感覺到不對勁。空氣中發出微微的震顫，頓時，大家只想要逃。他渾身寒毛直豎地望向甜心。快腿犬張大了嘴，眼睛渾圓。「一切就像是當初被困在陷阱屋時，四周開始出現劇烈搖晃的情況一樣。」

麥斯嚇得緊貼著牆面，短刀突然像隻幼犬般發出嗚咽。「這一幕就跟當初長爪們離開時的景象一模一樣！」

「這是怎麼回事？」雷霆急忙問，不忘看著自己的腳下。「是地犬在搖晃祂的身體吧！還是祂在大發雷霆？或是生病了？」她向後一退，轉身望向幸運。「爲什麼除了我之外，大家都知道發生何事？」

「因爲這不是第一次發生，」幸運喃喃說道。雷霆當然不明白眼前究竟是怎麼一回事——她是在大咆哮發生後才出生的。儘管她聽聞過此事，卻從未深切感受過它的震撼。但現在哪來的時間向幼犬解釋，幸運立刻對甜心和貝拉說，「我們得趁猛犬分心時，逃出這裡。」甜心率先衝到前方，在顫抖的地面中踩出一條路。貝拉緊跟在她身後，繞過猛犬前進，他們因為受到劇烈的驚嚇，所以沒有一隻狗想要攔住她。幸運則推擠著雷霆前進。「快跑啊！」他等不到幼犬的答覆便連忙沿著通道向前奔去，聽見身後傳來幼犬的腳步聲才鬆了一口氣。

腳底的地面依舊在搖晃著。「地犬向我交代過！」刀鋒大聲發出咆哮。「這是個警告——如果讓那隻幼犬逃走，地犬依舊會發出大咆哮摧毀我們所有的狗！」

幸運回頭向後張望。麥斯正在嗅聞著地面，細瘦的尾巴夾在兩腿之間。短刀沿著通道想要追趕上荒野狗幫，但卻突然止住了腳步，其中一隻腳還高舉在他的跟前。「就連空氣也發出震顫！」他大喊道。

「我不管空氣如何！趕緊逮住那隻幼犬！」刀鋒大聲咆哮，但是她的手下卻個個嚇得裹足不前。

看來他們不會追上來了！幸運心裡鬆了一口氣，打起精神努力向前奔去。幸運咬著牙，忍住腳傷發出的痛楚，趕往雷霆的方向，跟著她一塊兒離開。他倆越過一個漆黑的角落，見到甜心跟貝拉奔出岩石間的縫隙，來到空曠地。

幸運和雷霆緊跟著衝向外頭，大口呼吸著沁涼的空氣。他們的腳底在堅硬的地面打滑，但是地面此刻似乎變得穩定許多。

地犬或許不會再發出大咆哮，幸運內心懷抱著一絲希望。他朝著前方拼命奔跑，奮力趕上甜心、貝拉和雷霆。

他跟隨著其他的同伴越過矮樹籬、踏過尖銳的卵石、沿著險峻的懸崖前進，朝著谷地間的營地方向前去。樹枝劃破他的四肢，瘦果沾黏在他的尾巴上。

甜心來到前方停下腳步，等候雷霆和幸運趕上。她瞇起眼睛。「我想他們應該沒有追上來。」

「他們肯定會直搗我們的營地，追殺雷霆，」貝拉急忙說。「刀鋒對大牙所做的一切，在在說明她想置雷霆於死地的決心……」

幸運低下頭，尚未從先前見到的那一幕回過神來。

「我才不怕她，」雷霆大聲說道。

「你應該感到害怕才是，」貝拉一臉氣惱。

甜心準備朝營地的方向前去。「走吧。我們得趕回同伴身邊——我們在這裡簡直孤立無援。」她的目光落在幸運身上。「你看起來很糟。撐著點，我們就快返回安全的地方。」

太陽之犬越過地平線，幸運在貝拉和雷霆的攙扶下，瘸著腿朝營地的方向去。甜心走在前方，來到營地後，陽光、麥基和黛西迎了上來，他們圍在幸運身邊，提供協助。

「他需要好好休息！」麥基說，黑白相間的頭顱帶著關切。

「他需要的是食物！」陽光說。

黛西舔了舔幸運的鼻子。「他渾身發冷！」

甜心急忙喊道。「布魯諾！史奈普！快去找點吃的給幸運。」

獵犬們紛紛低垂著頭，沿著樹叢前往覓食，幸運則一瘸一拐地走往他的巢穴。跟在洞窟裡時一樣，他的身體再度打起了冷顫。他渾身劇烈地抖顫著，他勉強地撐起身體。在他進入洞穴後，貝拉、甜心和雷霆紛紛簇擁在他的身邊。他感覺到同伴間傳遞給他的溫暖，但是他的牙齒還是忍不住打顫，身體止不住顫抖。

「你很快就會沒事，」甜心安撫著他說，傾身向前，舔了舔他的鼻子。

幸運可不這麼確定。**我已經發冷好長一段時間，渾身血液就像是結凍了一般。我的身體會再度溫暖起來嗎？**

第八章

在幸運甩著頭想要趕走睡意時，眼皮卻仍是相當沉重，他朝黑暗眨了眨眼睛。狼犬在他的前腿留下的傷口仍隱隱作痛，但是至少現在他覺得暖和多了。甜心、貝拉和雷霆依舊簇擁在他的身邊，睡得香甜。

多虧了他們，我才逃了出來，幸運心想。**我們現在待在營地裡很安全，我應該放輕鬆。**

他的鬍鬚傳來一陣熟悉的震顫，空氣中傳來了金屬般的氣味。地犬此刻靜默無聲，但是幸運頭部的毛髮依舊豎起，腳下似乎有什麼東西在移動。

他的鼻子嗅聞到美食的氣味，因此分了心神。這時，他才發現自己飢腸轆轆。他的肚子咕嚕作響，他舔舔嘴，見到陽光來到洞穴入口。她的嘴裡叼著肥美白鵝身上的胸骨肉，朝幸運的方向走來，在他的跟前放下這塊肉。

甜心睜開其中一隻眼睛。「這塊肉是給你的，貝塔，」她輕聲說道。「你需要進食，我們待會再吃。」她闔上雙眼，繼續斜倚著頭入睡。

幸運飢腸轆轆地望著眼前這一大塊鵝肉。

「這是布魯諾特地為你抓的，」陽光說明。「你失蹤時，我們都很替你擔心——我們知道你不會無故離開我們，當我們沒見到你回來時，就一致認為你肯定遭遇了意外。」

幸運滿懷感激地抬起他的頭。他用舌頭舔舔嘴，嘗試要張嘴說話，卻發不出聲音來。他覺得自己過於虛弱、喉嚨乾渴，難以嚥下眼前的食物。

陽光望著幸運好一會兒，她皺縮著鼻子，表達關切。只見陽光迅速轉身，離開洞穴。他聽見陽光在外頭急奔的腳步聲，還有拖著東西的沙沙聲響。不久，渾身骯髒的小白狗再次出現在洞口，嘴裡還銜著一片樹皮。幸運見到捲曲的樹皮像個碗似的，裡面盛裝的水閃著光芒。陽光將樹皮放在幸運面前，他立刻低下頭，猛舔著裡頭的水喝。

「謝謝你，歐米茄，」他輕聲說著。「我正需要喝點水。」

陽光搖擺著糾結的白色尾巴。「現在你可以吃點東西填飽肚子！吃點東西後會好過些。」她替幸運撕下一口大小的食物餵給他吃。他咀嚼著鮮嫩的肉，感覺到肉汁順著喉嚨滑落。陽光說得對——他的確感覺好多了。小狗繼續餵食小塊食物給幸運，待他吞下食物後，舔舔他的鼻子。幸運想起慘死的大牙，不免感覺渾身緊繃。「有發現猛犬的蹤影嗎？」

「你現在很安全，」陽光輕聲說道。「你的身邊簇擁著狗幫的同伴，而且我們一直有加派巡邏犬巡視。沒有任何一隻狗可以溜進我們的營地。所以你放輕鬆好好靜養。」

幸運聽完闔上雙眼。打從他還是隻小幼犬時，他就再也沒感覺到這般受到關愛。

狗媽媽舔了舔亞普的鼻子時，他嘆了一口氣。他磨蹭著自己的母親，肚子被長爪餵食幼犬的牛奶和肥嫩的肉給撐得鼓鼓的。長爪們居住的地方舒服極了。陽光透過透明石窗映照進屋內，亞普渾身的毛髮給陽光照得暖呼呼。他心滿意足地打了個哈欠，張開他的眼睛。

「媽媽，講個故事給我聽好嗎？」

亞普更加依偎在母親身邊，他的母親伸出了其中一隻腳爪放在他的背上安撫他說。「很好。我就給你講個關於閃電的故事，他是狗勇士當中速度最快的狗。」

亞普開心地搖擺著尾巴。這是他最喜歡聽的故事了！

狗媽媽清了清喉嚨。「天犬看顧著閃電並庇佑他，卻引來地犬的醋勁大發。她認爲閃電活得夠長了，他的氣數已盡，不該繼續活下去，這麼一來她才能奪走他的力量。」

亞普聽到這裡渾身興奮。太陽光此時已消失無蹤。透明石窗外布滿雲層，天空漆黑一片。母親的聲音變得愈發深沉，身體逐漸變得僵硬。

「一天晚上，閃電又開始捉弄地犬。祂總是改不了狡詐的毛病，迅速在地面抓扒了一下之後，便立刻返回天上，安全地待在那裡。」

亞普伸長了脖子，驚訝地望向自己的母親。他知道閃電和天犬之間總是玩著一些淘氣的伎倆，但這一切都只是出於好玩。他從沒想過閃電眞心要對付地犬。

母親搭在亞普肩膀上的手掌，重量愈來愈沉重。「這回，地犬正等著閃電的戲弄。祂靜靜地躺著，等候閃電到來，閃電出現得太過頻繁，以至於地犬已經能夠預測祂下次出現的地點。」狗媽媽放大了音量。「地犬等了又等，不斷舔著祂的下巴。等到閃電再度向著祂來，你認爲結果如何？」

亞普睜大了眼睛望著母親。

母親繼續說，聲音變得愈發尖銳。「在一聲駭人的咆哮聲後，地犬張大了她的嘴，把閃電整個吞下肚！」

亞普驚訝地說不出話。他曾聽過這個故事——但是他記得結局不是這樣！他把頭埋進狗媽媽的身上，但是毛髮底下的肌肉十分結實，亞普立刻向後一退，抬起頭想要看清楚，卻嚇得喊出聲來——凝視著他的並不是狗媽媽。

而是刀鋒！

猛犬朝他亮出一嘴的利牙，低下她的頭，這讓他倆的鬍鬚幾乎碰觸在一塊。她呼出的氣息帶有血漬般的金屬氣味。

亞普往後退縮，但是刀鋒卻將他壓制在地，她的腳掌重重地壓在他的背上。

「你對我的母親做了什麼？」亞普大喊。「我的手足們都到哪兒去了？」

刀鋒的雙眼閃爍著開心的光芒。「邪惡的狗必須受到懲罰，」她大聲咆哮。「地犬將閃電整個吞噬！大地沾滿了鮮血。」

刀鋒壓制在他背上的腳掌力道如此巨大，壓得他幾乎喘不過氣。

幸運倏地睜開眼睛，見到太陽之犬的光芒投射在巢穴。他站起身，心跳加速。湛藍的天空下，不見刀鋒的蹤影。

他鬆了一口氣，試圖甩開惡夢的糾纏，他環顧四周發現甜心、雷霆和貝拉已不在洞穴裡。幸運打了個哈欠，伸展他的四肢。他告訴自己，剛才不過是做了一場惡夢。他覺得自己填飽了肚子，睡了一覺後精神也好多了。就連腳傷也似乎復原了。

幸運走到樹叢間的水塘。他拼命喝著池塘裡的水。走出溫暖的洞穴後，外頭的冷風刺骨，幸運冷不防地打了個哆嗦。樹木全都光禿禿的，就連池塘周圍的雜草也被冰霜壓低了。幸運朝地面一陣嗅聞。

結霜的大地遮掩了氣味，但是他仍舊聞到不尋常的味道。他再度嗅聞一次。土壤傳來一股酸腐的氣味。空氣微微發出震顫。幸運的背脊發毛，他似乎經歷過熟悉的恐懼。

大地分崩離析之前，就是這樣的感覺。地犬仍尚未恢復平靜——依然充滿危險。要怎麼做才能夠讓祂平息下來？幸運想到刀鋒的駭人預言，就忍不住渾身發顫。**她的夢境不會實現**，他堅定地告訴自己。**這些跟雷霆一點關係都沒有**。但是他仍不免憂心忡忡。

我得警告其他同伴！我們必須另覓其他安全的地方。

他聽見懸崖邊傳來了吠叫聲，於是急忙趕往好加入其他同伴。甜心正集結狗幫的所有成員。似乎沒必要對他們提出警告——他們或許已經猜到是怎麼一回事了。

「我們全都感覺到了，」史奈普說。「我們難道不該離開這裡？」

體型嬌小的棕色追逐犬達特急著轉身，焦慮地繞著圈打轉。「上回大咆哮發生時，樹木全都連根拔起，而地面……地面裂了開來！」

黛西豎起耳朵。「當時主人家劇烈搖晃。我想要前去警告他們時，他們早就逃命去了！」

「透明石窗碎裂一地！」布魯諾大喊，棕色的耳朵向後豎起。「全都被震碎！」

懷恩壓低身體趴躺在地，嬌小的身軀不斷顫抖。

狗幫成員們紛紛感到驚慌失措，甜心大聲制止他們安靜下來。「大家，請肅靜。我們全都忘不掉大咆哮帶來的震撼。沉浸在過去的惡夢中，對我們一點好處也沒有。」

幸運走到甜心的身邊。「我們必須盡可能遠離這裡。」

「但是我們要上哪兒去？」甜心的目光越過山谷望向一片懸崖。「我們很難逃過大咆哮的影響。至少，這地方還算開闊，草木多半集中在池塘周圍生長。你難道忘記長爪的城市，或是寬闊湖邊的小鎮？地犬發出怒吼時，所有大型的建築物全都不得靠近。萬一眞的發生大咆哮，待在開闊的空間不是比較安全？」

月亮站起身。「艾爾帕說的對。你們難道都忘了大咆哮發生時，地面劇烈搖晃，林間的樹木紛紛倒了下來？我們之所以存活下來，那是因爲我們的營地多位處於空地。我們要尋覓的地點最好比現在更加空曠，而非貿然地去連我們都不了解的地方，尋找所謂的安全地點。」

達特發出嗚咽，把頭埋進兩腿之間，黛西則不斷繞著圓圈跳躍。

幸運不是沒考慮過這點，甜心和月亮說的不無道理。我們應該上哪去？我們如何避開這片踩在腳底下的土地？

甜心轉身望向他。「你怎麼認為，貝塔？」

他低下頭去。「我同意大家的看法。待在原地是最可行的辦法。只要切記別靠近懸崖邊緣。大咆哮發生時，許多長爪們的屋舍都傾倒崩塌——萬一同樣的結果發生在懸崖，那可就十分危險，而我們全都待在懸崖附近。」他的腦中不禁回想起寬闊湖邊那些長爪們的房子倒塌的模樣。街道上覆蓋著沙土和河邊的雜草。大咆哮發生時，河水潰堤，河水不也都跟著到處竄流？幸運打了個哆嗦。「我們最好和湖邊保持一段距離。」

狗幫的成員們默不作聲。**他們對於艾爾帕和貝塔的意見，全都不表示意見**，幸運心想。

黛西不安地步上前去，尾巴下垂。「那群你在小鎮上見到的長爪該怎麼辦？」她問。「他們太過靠近寬闊湖水——大咆哮會害他們喪命！」

甜心的耳朵向後豎起。「這不在我們考慮的範圍內。很抱歉，我的言論聽起來十分冷漠，但是大難臨頭時他們可不會不顧自身安危前來援救我們。」

荒野狗幫的舊成員對此紛紛表示贊同。

「長爪們自認他們比我們聰明，」月亮張嘴說話，她的一雙眼睛就跟天空一樣冰冷。「呃，大咆哮發生時，各自想法子逃命吧。」

栓鍊犬的衆成員們一臉擔憂，彼此交換眼神。麥基步上前。「我們有些成員跟著長爪們一塊兒生活，他們看顧我們，餵養我們，甚至對我們愛護有加。」他停頓下來，望向遠方。幸運不禁納悶眼前這隻農場犬，是否曾經將小主人視爲他的摯友。麥基向甜心哀求。「別誤解我的意思，我現在是荒野狗幫的成員，我們全都是。我一點都沒有想過，要再次跟他們一塊生活，或是再次戴上頸圈。但是我們必須確保鎮上的那群長爪們知道將要再次發生大咆哮。否則，他們將全都命喪黃泉。不論你對長爪是什麼觀感，我們都不該放任他們不管。」

他的這番話在前任栓鍊犬間引起一陣騷動。瑪莎走到他的身邊，貝拉露出倔強的表情，抬起臉。陽光則焦慮地繞著他們打轉。

甜心一時語塞。**她肯定會禁止他們靠近寬闊湖邊**，幸運心想。他望向貝拉的方向。他深知自己妹妹固執的個性。伴隨大咆哮即將到來以及猛犬狗幫近在咫尺的危險，不需要再在狗幫的成員間製造緊繃的關係。

於是幸運連忙開口說明，他垂下眼睛，放低姿態。「艾爾帕，如果你不反對的話，我可以率領一群狗前往鎮上去警告長爪。他們雖然很聰明，但是他們的敏銳度不足——肯定感受不到大咆哮的接近。」他壓低了頭，幾乎貼到了地面。「我保證我們會抓緊時間，趕在大咆哮發生前，安全地返回懸崖。」

幸運挺直身體站著。他感覺得到甜心的目光落在他的身上。

她知道我根本不知道大咆哮來臨的確切時間點——沒有任何一隻狗辦得到。我們得冒著萬一無法返回營地的危險，但是她必須明白，這麼做對栓鍊犬的意義有多重大。她跟前任的『艾爾帕』一點都不一樣，肯定不會漠視長爪的安危。

幸運懷抱著希望，感受到栓鍊犬間散發的緊張氣氛。

只見甜心嘆了一口氣。「我認爲這麼做很愚蠢，但是我不會阻止你們前往。」

幸運抬起頭，朝甜心眨眨眼睛，滿懷感激。**她跟過去的艾爾帕截然不同！**他心想。

甜心一臉嚴峻地望著幸運。「小心點，貝塔。快去快回！」她轉身望向狗幫其他成員。「有誰想要加入前往提醒長爪危險將至的陣容？」

「我要參加。」瑪莎以溫柔的低沉嗓音說。

貝拉金黃色的尾巴擺動了一下。「我也去。這將是我替長爪們效命的最後一次。在這之後，我們將各過各的生活，彼此不相往來。」

麥基走到她的身邊，雙眼閃著光芒。「我們將前去警告他們，這是我們該做的事。但是我們肯定會迅速完成使命。」他向甜心保證。

陽光跟黛西興奮地跳起來。

「我們要去救長爪囉！」陽光發出歡呼。

但是布魯諾卻向月亮靠攏，沉重地端坐下來。「我要留下來。我現在是狗幫的成員了。我的主人們當初遺棄我，鎖上那批長爪全都是陌生人。」他的雙眼帶著冷漠，幸運一臉驚訝地望著老狗。**他說的是實話。他不再關心曾經照顧過他的長爪**。

令幸運感到吃驚的是，史奈普竟奔向準備前往寬闊湖邊的栓鍊犬們。

「我也去。」她說。

貝拉轉身對她說。「你從來就是隻生活在荒野的狗。」

「我也想要有所作爲，」她輕輕動了動她的耳朵。

「謝謝你。」麥基喃喃說著，他輕輕舔了小狗的耳朵。她抬起頭望著他，眼裡閃爍著溫柔的光芒。幸運抬起頭。**麥基跟史奈普是一對！我怎麼沒想到**？

幸運感覺到不知誰拍了拍他的腿，轉過身去看見甲蟲帶著欣羨的目光望著他。「我也要去！」他說。

月亮衝上前去，一把咬住幼犬的頸項。「噢，不，你不准去！」她大聲呼喊道。「長爪們殺害了你的父親。讓那群自認忠心的栓鍊犬去做就行。我什麼都不虧欠那群長爪。」

甜心清了清她的喉嚨，其他同伴紛紛轉過頭望向她。「其他留守在營地的狗都必須做好萬全的準備，以應付大咆哮的到來。我們必須獵捕更多的獵物，否則一旦發生大咆哮，將面臨找不到食物的窘境。布魯諾和月亮，你們到營地四周去找找看有什麼獵物，記得別離得太遠。每隻狗都得留意猛犬的蹤影，提防萬一他們對我們發動攻擊。」

布魯諾和月亮動作生硬地點了點頭，準備深入山谷深處，在結霜的雜草間仔細嗅聞。月亮止住腳步，轉身回望甲蟲，目光帶著警告的意味。幼犬立刻低下頭，離開幸運身邊。

甜心則轉身望向準備前往小鎮的狗兒們。「別忘記我所說過的話——你們切記要速戰速決。」她走到幸運身邊，領著眾狗前往懸崖邊緣。貝拉和瑪莎順著崎嶇的岩石，走下懸崖。幸運站在甜心身邊，她把頭貼近他的耳朵，聲音輕柔。「當心點。要是遭遇到危險立刻回來。」她將臉龐緊貼著幸運，他呼吸著她甜美的氣味時不禁感到心痛。「快回到我身邊，我的貝塔。」她輕聲說完才離開幸運。

幸運沿著懸崖往前走，卻忍不住回頭張望。甜心站在懸崖頂端，一臉哀傷的模樣。

幸運撇開目光，趕上其他同伴的腳步。他承諾自己肯定會再與甜心見面。但是當他沿著懸崖往下走時，他的胃卻一陣翻攪，鬍鬚因悲傷而顫抖著。

第九章

幸運沿著崎嶇懸崖，緊跟上其他同伴的腳步，他們此刻正順著小徑走下懸崖。微風吹拂過寬闊湖水時，空氣中的鹹味顯得更加濃重。

幸運感到一陣焦慮傳遍四肢。恐懼感令他如鯁在喉，於是他將目光射向懸崖頂端。此刻他已看不見營地附近，沿著池塘周圍生長的樹木以及山谷間的綠意。也不再能從空氣中嗅聞到艾爾帕的氣味。

他的目光越過懸崖另一頭，順著湖邊四周生長的矮樹叢。隱藏在潮濕洞穴間的，正是猛犬狗幫的新巢穴。儘管空氣中嗅聞不到他們的氣味，但是刀鋒此刻是否正隱身在矮樹叢間望著他？

當他聽見腳下突然傳來一聲尖銳叫聲時，他立刻回過頭去。他看見陽光正努力越過崎嶇岩石，振作精神，動作滑稽地在其間蹦蹦跳跳。霎時，她跌了一跛，停下腳步舔舐傷口。

麥基在她面前停下來。「你沒事吧？需要幫忙嗎？」

「我沒事。」小狗一臉驕傲地答。她站起身，越過下一顆石頭。著地時，腳底一滑，狹窄的小徑上碎石滾落到懸崖下方。

幸運一臉憂心地望著她。他聽見腳底的寬闊湖水不斷傳來翻滾的浪濤聲。突然間，他見到一團糾結且骯髒的白色毛髮身影差點要翻落到懸崖底下，而一陣驚嚇。

「我們可以幫你，」他的態度謙恭，深怕冒犯她的自尊。「我們可以幫你登上陡峭的岩石。還記得我們如何躲過天空的黑雲，以及遭遇到許多險峻的山坡？懷恩也曾受過幫忙，你不必因此感到羞恥。」

「我**真的**沒事。」陽光語氣堅定。「我不需要你們協助我下坡。」她帶著感激的眼神望向麥基和幸運，接著卻小聲說道，「但是上坡時可就需要幫忙了。」

麥基走上前，舔舔她的鼻子。「沒問題。」他站在陽光前方一小段距離，幸運則緊跟在她身後，他們一路向著懸崖下方前進。

大家沿著寬闊湖水的岸邊前進，直到小鎮映入眼簾。即使相隔了一段距離，幸運依舊能看見籠車沿著大街橫行。長爪們仍恣意行動著。**跟我們所想的一樣，他們一點都不知道危險將至。**

狗幫其他同伴已經在小鎮邊緣休憩，躲著不被長爪們看見，麥基、陽光和幸運加入同伴的行列。

「你們看！」貝拉喊道。「湖水之犬看來十分激動，看來祂也知道有事發生。」

幸運望向湖邊，內心一震。他妹妹說得沒錯。湖水打破了原有的律動，表面不斷翻攪著。

我能想像得到大咆哮發生時，湖水肯定會淹沒過岸邊——這情況很可能會再度發生。

「我不喜歡這樣。」史奈普開口說。

麥基走到她的身邊，將鼻子緊貼著她的臉頰。「我們不會待太久——是吧，貝塔？」

「我們警告長爪危險將至後，便迅速返回營地，」幸運回應，但是他的背部毛髮卻豎了起來。腳下的地面似乎在搖晃？

或許一切不過是我的想像罷了，他告訴自己——雖然連他自己也難以置信。

幸運率領眾狗來到小鎮邊緣，望著披著橘色毛皮的長爪們照常幹活著。有兩個人拿著一頭是刷毛的長棍，沿著街道清掃塵土和碎透明石，以及臭味桶翻倒的垃圾。他們面露欣喜地彼此交談。這時街道上駛來一輛籠車，另一個披著橘色毛皮的長爪從籠車內探出頭，朝他們揮手。

幸運更加靠近這群長爪，搖擺著尾巴示意其他同伴跟著他。他們緊貼著牆壁行動，小心地不讓長爪發現。

「這群長爪在做什麼？」麥基輕聲問。

幸運瞧瞧拿著長棍的長爪和其他將長木頭在地面圍成圈的人。「我不知道，」他喃喃說著。

「他們完全不知道將要大難臨頭，對吧？」史奈普說。「瞧瞧他們，似乎一點兒都沒感覺到異樣。」

「他們跟我們不同，」貝拉說明。「他們沒有神靈之犬的幫助。」

「那麼我們該怎麼做？」史奈普問。「我們要如何對他們提出警訊？」

幸運舔舔嘴，一副不確定的模樣。

小陽光接著開口說：「每當我繞著圈圈打轉、發出吠叫時，我的主人就知道事情不對勁。或許我們可以這麼辦？」

「我們可以緊貼著他們的腿，將他們推離寬闊湖邊，」瑪莎提議。「說不定他們會察覺到不對勁。」

貝拉豎起耳朵。「如果我發出嗥叫，我的主人便會留意到危險。」

「這些想法都很不錯。」幸運表示贊同。他將目光投向寬闊湖水的岸邊。湖面十分不尋常地捲起了漩渦，激起白色的泡沫。他忍不住恐懼。「我們得快點行動。你們可以用任何方式警告長爪——但是切記別讓他們抓到你們！聽從我的指令隨時準備開溜。萬一發生危險，我們就得立刻返回營地。」

「遵命，貝塔。」眾狗們異口同聲。

「很好。快分頭行動吧！」幸運沿著街邊向前奔。他聽見狗幫其他同伴緊跟在他的身後。他向後回頭張望，看見陽光瘋狂地繞著圈，不斷發出吠叫。史奈普跟黛西則仿效歐米茄的動作，瘋狂地跳著轉圈。幸運緩下腳步，納悶長爪會作何反應。

起初，他們感到好笑。兩名拿著長桿子的長爪停下掃地的動作，指指點點著。但是當貝拉和幸運開始發出嗥叫時，長爪們開始變得緊繃不安。瑪莎跟麥基奔向那兩個長爪，他們立刻向後退，舉起兩隻前腿作勢抵禦攻擊。他們隨即加入其他站在長木頭周圍的長爪們的行列，將木頭圍成一圈插進地裡的泥土裡。

「不是那個方向！」麥基氣惱地發出吠叫。「快遠離寬闊湖邊啊！」

「你嚇壞他們了！」幸運大喊道。「他們看樣子是不明白我們此舉的意義。」

幸運望向一片片的木頭，打了個哆嗦。地面留下了大洞，令幸運不禁想到猛犬們位在洞穴裡的新巢穴。

「那是什麼聲音？」瑪莎問，她倏地轉頭望向湖邊。

麥基也止住步伐，豎起耳朵。「湖水此刻正拉離岸邊。看來有可怕的災難要發生！」

幸運的胃一陣翻攪，下意識頸背高聳。「我們必須立刻返回營地！」他嚷道。

「但是我們還沒完成任務！」麥基大喊。「說不定讓他們對我們感到害怕才會有效！」他壓低頭，發出怒吼，向長爪的方向走近。史奈普趕往他的身邊，喉嚨也跟著發出咆哮。

兩名長爪躲到一旁去，但是其他長爪則走回到地面的大洞，將長木頭從地裡拔起，朝空中一陣揮舞。史奈普猶豫地抬高前腿，但是麥基卻開始發出吠叫，甚至更加靠近長爪，幾乎要貼近他們身邊。「快走啊！離開這裡！」長爪嚇得大聲喊叫，用力將木頭揮向麥基身體的一側。麥基痛苦地發出哀號，卻絲毫沒有離開的意思。

幸運的耳朵向後豎起，他衝向前方，試著將農場犬拉往安全的地方。等到長爪再次高舉手中的木條，在場其他長爪們卻發出驚呼。所有人轉身望著這個長爪指著寬闊湖水的方向。

他們終於留意到大事不妙！幸運心想。

湖水遠遠地退離岸邊，彷彿要掀起一道巨浪。長爪立刻拿起連著細長尾巴的黑色擴音盒子，驚慌失措地朝著盒子大聲呼喊。其他長爪聽到後紛紛沿著大街逃竄，揮舞雙臂拼命狂奔。

空氣中不斷充斥著長爪們的尖叫聲以及籠車發出的轟鳴聲。

幸運在一片混亂中喊道：「同伴們，長爪們見到了寬闊湖水即將朝他們的方向淹過！明白危險將至！我們必須現在離開這裡。我們的艾爾帕正在等著我們，我們必須迅速趕往營地。」

「來了，幸運！」麥基迅速轉身向他回應。

拿著木條的長爪退離開麥基身邊，其中一隻穿著橘色毛皮的後腿滑向洞口邊緣。他驚慌地大喊，扔掉手中的木頭。他的前腿拚了命掙扎，想要爬上洞口，卻抓到不任何東西能夠攀爬上來。一陣駭人的尖叫聲傳來後，長爪便落入地面的大洞裡。

第十章

幸運與其他同伴立刻趕往麥基身旁，探頭望向那個大洞。長爪落到了好幾隻狗身長的距離底下——因爲距離地面太深，所以無法爬出洞口。身穿橘色毛皮的長爪拼命抓扒著泥土。他拚了命大聲呼喊，但是他的求救聲被淹沒在籠車的轟鳴聲以及其他不斷發出吠叫的長爪聲音中。

農場犬抓扒著洞口邊緣。「我們得幫幫他！」

「不，麥基！」幸運大聲咆哮，想要將同伴拉離險境。「我們救不了他的性命。讓長爪幫助自己的同伴脫困！」

「幸運說得對，」史奈普表示贊同。「那個長爪還打了你，他不是你的朋友」。

麥基對此的態度顯得寬容。「那是因爲他太害怕了！他以爲我要傷害他。」

貝拉用鼻子摩擦著農場犬的肩膀。「讓長爪的同伴去救他吧。我們得趕回營地去。」

「但是他們並不知道同類陷入危險！你們難道沒見到寬闊湖水即將掀起大浪？到時候巨浪肯定會衝垮岸邊，淹到這裡來，將他淹死。」麥基的雙眼帶著驚恐睜得好大。「沒有誰能夠救得了他。他將孤獨地死去！」他的聲音充滿遺憾。

幸運望向陷入一片混亂的街道。長爪們紛紛奔向籠車，擠進裡面，然後將一隻隻野獸帶離。他站在這裡無法看清湖面的狀況，但是恐怕麥基說的沒錯。地犬引發的震撼，將驅使湖水之犬將巨浪打往岸邊的方向。

幸運向後豎起耳朵。此時，相隔一段距離的頭頂方向傳來轟隆聲響——他曾聽過這個聲音，不過他卻花了點時間才回想起這個聲音在哪兒聽過。轟隆聲響來自巨鳥，他的身體中間有著透明石窗，透明石的面積跟籠車一樣大，發出嗖嗖聲的翅膀長度跟長爪的房子一樣長。這時候，地面開始發出震顫，但是幸運無從分辨聲音是來自巨鳥或是大咆哮所致。坑洞內的土石，朝著裡頭那個長爪的頭上崩塌陷落。長爪的四肢趴倒在地，他甩開覆蓋在身上的泥土。

幸運回頭望向街道的方向。麥基說的對。長爪們彼此瘋狂叫喊，進入籠車或是鑽進巨鳥裡急著逃竄離開，街道上人潮蜂擁而至，想要找一處安全的避難處。似乎沒人發現坑洞裡還有長爪身陷其中。

幸運回頭望向坑洞，看見長爪拚了命地伸長他的前腿，並且不斷發出呼喊。

幸運的胸口一陣緊繃。**就算他沒被淹死，也會被土石活埋……**

幸運內心糾結不已，回想起自己被困在猛犬狗幫巢穴時的驚恐與不安。他的背部毛髮直豎，想起岩石洞穴內的那堵高牆。洞穴內空氣稀薄，他想盡辦法都逃不出來，胸口不禁一陣恐懼。**我答應過甜心，一遭遇危險就立刻返回營地**。此刻，他為何猶豫起來？

「求求你們，」麥基哀求道。「我們不能拋下他不管。」

幸運對長爪深表同情，憐憫之心令他不免猶豫起來，他回頭張望，急著想要搜尋任何能夠幫助長爪向上攀爬的物品。幸運甩甩頭，違反自己理智的判斷對同伴說，「我們不妨利用這些長木條，幫助長爪爬上來。」

麥基搖擺著尾巴感覺鬆了一口氣，他拖著長木條拉往地面的洞口邊緣。貝拉帶著責備的眼神投向幸運，卻跟著彎下身用嘴叼起木頭。三隻狗同心協力將木條伸向長爪的方向。

此時，一旁的陽光卻不安地跳著腳。「空氣中傳來怪異的氣味！很不尋常！」她說。

幸運的耳朵向後豎起，陽光說的沒錯，事情似乎很不對勁。「快點，大家，」他對同伴喊道，聲音因爲嘴裡銜著木條而有些含糊不清。

麥基將木條轉進洞口，再用腳掌一推，將木條推下去。起初，長爪一陣猶豫。接著，他伸長了手，試著攀上木條末端。

地面開始劇烈搖晃，石頭崩塌的聲響不斷迴盪在空氣中。

「是大咆哮！」貝拉喊道。

木條滑落狗兒們的腳掌，落到了坑底，差點擊中瑟縮在一旁的長爪。幸運的一對耳朵下垂，倒抽一口氣，望著街道上的景象。灰色的路面裂成了兩半，底下的濕潤泥層湧了上來，不斷翻攪。空氣中不斷充斥著寬闊湖水的氣味。氣味到處流竄，上上下下包圍著他們。地面跟著顫動，一旁的臭味桶傾倒，在街道上不斷跳動。

驚恐的呼喊聲不斷傳進幸運的耳朵，一時間，他自己也被嚇得怔住不動。瑪莎渾身顫抖不已，陽光的身體縮成了一團，貝拉跟史奈普彼此撞在一塊兒，試著想要在一片混亂中逃命去。

只有麥基仍一心想要挽救長爪的性命。他拉扯另一片插在搖晃地裡的木條，拼命地將木條拉起。

幸運的心底不斷呼求要他跟著逃命，但是他卻壓抑住內心的恐懼，前往協助麥基。他倆忙著將木條拉往洞口。瑪莎則忍住內心的驚恐，加入協助的行列。強壯的大狗不費吹灰之力便將木條舉向洞口邊緣。

此時，巨鳥抵達附近，在小鎮的上空盤旋。他們放出許多長爪，這群披著黃色毛皮的長爪們帶著驚恐聚集到地面，一如幸運曾在森林裡見過的情景那般。只不過這群長爪對眼前的狗兒視若無睹——他們幾乎對幸運和他的其他同伴視而不見。他們只是忙著集結在大街上處理自己的事。

「他們肯定沒想到坑洞裡有著同伴。」麥基氣喘如牛地將木條轉向洞口邊緣。

坑洞內披著橘色毛皮的長爪幾乎半埋進土堆裡。他拚了命向上爬，卻無法掙脫覆蓋在身上的泥土，好抓住木條。幸運心跳加速。**他恐怕做不到……我們誰都救不了他！**

接著，他聽見背後傳來瑪莎低沉的嗓音。「湖水之犬近在咫尺，但是祂仍等著我們離開才要展開行動。祂跟河水之犬是親姊妹，我已經把內心的祈禱傳遞給祂知道，我知道祂會聽見。」

幸運不知道是否應該相信瑪莎說的這番話，不過她的話的確帶來慰藉的力量。幸運屏住呼吸，協助麥基調整木條的方向，瑪莎則盡可能固定住木條。

地面開始一陣翻攪，坑洞內的長爪也跟著重心不穩。他奮力伸長他的爪子，抓住長木條末端。地面劇烈搖晃，幸運努力站穩腳步，試著不要驚慌，他與同伴小心翼翼地支撐著木條，想救出坑洞內的長爪。

巨鳥的羽翼不斷發出尖銳的聲響，羽翼轉動時掀起一陣塵土。幸運幾乎睜不開眼。他用力咬住木頭向後拉扯。他冒險瞥向塵土飛揚的方向，再回過頭時，已見到長爪伸長他的爪子逐漸攀上坑洞邊緣，來到地面，幸運這才鬆了一口氣。他倒臥在地面，一臉吃驚的模樣，氣喘吁吁。

幸運環顧四周。見到最後一批身上披著橘色毛皮的長爪們，攀著繩索鑽進了巨鳥的腹部。幸運在巨大的噪音聲中對麥基嚷道，「如果落單的長爪現在不跟上去，恐怕要被遺棄在這裡！」

麥基立刻明白幸運這番話的含意，於是衝向長爪身邊，拼命舔著他身上的粗糙毛皮想要喚醒他。接著，他開始用頭去推著倒臥在地面、疲憊不堪的長爪，盡可能發出吠叫聲。

長爪似乎不再對麥基感到恐懼。他坐起身子，貼近農場犬，將橘色的爪子放置在他的頭頂。

麥基再度發出劇烈的吠叫聲，長爪環顧四周，然後才會意過來，以後腿站立，拖著疲憊的腳步向前奔去，想要趕上鑽進巨鳥的最後行列，然後乘風飛向空中。

我猜這是傻麥基接受感激的方式，幸運心想，**長爪拍拍他的頭，感謝他的救命之恩**。

但是當長爪抵達垂下繩索的巨鳥身旁時，他卻轉過身來，望著衆狗，接著伸出他的前腿，向麥基叫嚷著，顯然示意麥基到他的身邊。

史奈普發出吠叫，兩腿夾著尾巴。

幸運則覺得如鯁在喉。**麥基可以跟隨長爪們離開這裡！這不正是他夢寐以求的願望**。

麥基搖擺著尾巴，朝長爪喘著氣。接著，他轉過身，返回其他同伴的行列。他幾乎沒有望著長爪在其他同類的協助下，抓緊繩索攀進巨鳥腹部那一幕，巨鳥接著便緩緩升空，朝森林的方向飛去，愈飛愈遠。

幸運不免大吃一驚。「你不總是一心盼望著，能夠跟隨長爪離開，現在有機會可以跟著他們離開，你卻選擇放棄！」

「他不是我的主人，」麥基回應。「反正，我的想法也有了改變。我不再是從前的那個麥基，我不再隸屬於長爪，我選擇我的狗幫做為我的歸屬。」

幸運內心十分安慰，心中充滿了喜悅的驕傲。**狗兒們經歷過一切磨難之後有了成長**。就連陽光也不再直盯著滿載著長爪的巨鳥猛瞧。幸運不免替眾狗高興，他們曾經一度拒絕脫離栓鍊犬的行列，花了很長一段時間才平息內心對大咆哮發生前那段美好生活的依戀。

大咆哮！

幸運的思緒立刻回到現實。現在沒時間鬆懈警戒。地面仍在劇烈晃動，裂開的地面仍不斷地冒出水來，他一臉驚恐地望向寬闊湖水。水面的浪濤不斷劇烈翻湧，在遠方緩緩掀起一道巨浪，準備以驚人的速度朝陸地的方向鋪天蓋地而來。

「我們該離開這裡了！」他說。

正當眾狗們轉向湖水岸邊，準備踏上崎嶇的山路前往營地，懸崖卻發出劇烈的轟隆聲響。大家豎起耳朵，渾身緊繃地直盯著眼前這一幕，懸崖上一塊巨石就在他們眼前崩塌滾落。

「返家的道路沒了！」麥基睜大了眼睛說。

幸運兩耳間的脈搏加速跳動著。「狗幫其他同伴還在那裡等候著我們！」他呼喊著。

岩壁上突出的邊緣，在發出一聲劇烈聲響後，便崩落到湖水中。

第十一章

幸運望著崩塌岩壁揚起的一陣陣塵土，他的心跳加速。他的腦中只想到：**甜心**！她還待在懸崖上頭，跟狗幫其他同伴一道。他們是否遠離懸崖邊緣？安全地避開危險？

「湖水！」貝拉大聲嚷道。

狗兒們倏地轉身，見到不斷翻攪的水面。巨大的白色浪花正朝岸邊的方向前進，不斷蓄積能量，形成更巨大的波浪。起先不過是籠車一般的大小，然後像是巨鳥，最後巨浪的體積已經跟長爪的房子一樣大。

「湖水之犬所到之處不斷聚集了能量！」貝拉大聲喊道。

「快逃！」幸運大聲叫嚷，衝向懸崖底端。路面沿著街道方向裂開一道縫隙，湧出鹹水，朝幸運奔跑的方向湧來。地底劇烈搖晃，幸運滾落在地，迅速跳起身，奮力朝寬闊湖水的岸邊奔去。

要想返回營地的話，他們必須沿著沙岸奔跑——卻得冒險經歷湖水之犬掀起的憤怒巨浪。他轉過身去，望向其他同伴，看見他們緊跟在他身後。瑪莎的嘴不斷喃喃唸著。她是否正在向湖水之犬祈禱，祈求祂大發慈悲，稍微止住祂的怒火？

幸運轉身望向懸崖，懸崖的部分斷面已經崩塌，露出尖銳的灰色岩層。岩脈跟碎石堆積在裸露的懸崖邊緣，揚起的塵土遮蔽了天空。

「我們不能靠近懸崖邊緣！」貝拉警告。「那裡不安全！」

麥基趕上大家的腳步，探頭望向湖水。「我們得冒險沿著湖岸邊緣前進——總有其他辦法登上懸崖。」

「但是巨浪眼看著就要拍打上岸！」黛西渾身顫抖，發出驚呼。

幸運陷入思緒中。白色巨浪眼看著就要淹上岸，而且能量不斷在增加中。距離巨浪拍打上岸的時間還有多少，是否足夠大家脫離險境？

「我們現在就得動身！」麥基大喊。

幸運僵硬地點點頭。「大家，往這邊走！」他沿著湖岸邊蹣跚前進，幾乎不敢望向不斷蓄積著能量、足以致命的巨浪。狗兒們在搖晃不已的沙岸間前進，他們的四肢顫抖、呼吸急促。他們繞過懸崖，遠離崩塌的懸崖斷層。山壁陡峭，難以攀登。**這真是個錯誤的決定！我們應該冒險從崩塌的懸崖上去——沒法避開——否則全都會被大浪打落！**幸運在一陣驚慌失措中，瞥見岩壁間的雜草叢中露出一條蜿蜒的小徑。

多謝森林之犬的庇佑！

「往這邊走！」他大喊道，直奔向斜坡。貝拉、史奈普和麥基則緊跟在他身後。他轉過身去，查看其他同伴的狀況。黛西正用著她的小短腿奮力登上岩石陡坡。瑪莎緊跟在黛西身後，把陽光當成幼犬般用嘴銜住她的頸項。**對了，可憐的陽光！**他在驚慌中，完全忘記隊伍裡還包括了小歐米茄。幸虧有瑪莎陪伴。幸運內心充滿了感激之情。

懸崖邊緣的小徑崩塌得十分嚴重，迫使狗兒們得遠離湖邊。不久，懸崖不再繼續崩塌，變得容易攀爬。但是幸運依舊待在湖邊，高聳的岩壁仍舊包圍著他們，地面仍在搖晃不已，儘管搖晃的程度已不像在沙岸邊那般劇烈。**但是如果岩壁開始崩塌，我們恐怕將會被活埋！**他的尾巴緊貼在身體的一側，試著拋開這樣的想法。

幸運的心思回到尚留在營地的同伴身上。他想到月亮和她的幼犬們，還有雷霆、布魯諾，甚至包括懷恩在內。大多數時候，他心裡想的還是甜心。他費盡力氣奮力攀上陡坡。他的肌肉痠疼、大口喘氣。

萬一甜心遭遇不測該如何是好？萬一我們在懸崖頂端的道別將是最後一次見面？

他聽見一連串的腳步聲從身後傳來，貝拉來到幸運身邊。「他們不會有事，」她輕聲說。

他一臉憂愁望著她，並未回答。

就在他們抵達懸崖頂端時，他們看見了成堆的尖突石頭滾進寬闊湖水內。巨大的白色浪花淹沒小鎮的街道，吞噬屋舍，將棄置的籠車掃進湖水的大肚腩。幸運嚇得渾身發顫。**大浪差點吞噬我們**。

大家一路摸索著攀上懸崖的頂端。他們順著過去熟悉的小徑來到一處全然不同的地方，儘管小徑並不陌生，但是周遭的景致已全然不同。部分陡坡已經坍塌。幸運的目光掃過深陷的岩石洞口和土丘，樹木連根拔起倒向一旁，樹根還沾黏著泥土塊。

狗兒們戒慎恐懼地越過從土裡翻起的雜草堆，試著在景物出現巨變的世界中踩穩自己的腳步。

幸運此時發現腳底下的地面不再搖晃。**大咆哮看來已經停止。至少，這次的災情不若以往嚴重。如果狗幫的同伴們遠離懸崖的話，應該就不會有事。**

「前方有樹木和池塘，」陽光大喊。

小狗說的沒錯——前面出現了一個池塘，儘管幸運幾乎認不出它的模樣。附近有許多樹木傾倒，樹幹四周的水池也淤積了泥土。許多長雜草已經夷爲平地。但是懸崖周圍的狀況則十分嚴重，地形變得更加崎嶇，而且地勢突然陡降。

狗幫的成員們已不見蹤影。雖然寬闊湖水的另一頭依舊掀起了大浪，山谷間卻異常安靜。幸運發出銳利的吠叫聲，又再喊叫了一次，卻沒有任何回應。

幸運四肢顫抖著，像那些傾倒的樹木一般，虛軟地趴倒在地。甜心……他不該抛下她，前往小鎮，特別是當時他內心也感覺到危險近在眼前。他忍不住責怪自己。

陽光率先發出嗚咽。不久，輪到麥基、史奈普和貝拉輪番啜泣。接著，瑪莎仰起她的黑色頭顱仰天長嘯。

「聽著！」黛西在一陣狂亂聲中開口。「你們聽見什麼動靜了嗎？」

大家紛紛陷入沉默，幸運豎起了耳朵。不知誰在池塘另一端的遠處發出吠叫！

黛西往前一衝，尾巴興奮地搖擺著。

「等等！」幸運從旁提醒。「我們得多加小心。大咆哮改變了大地。大家得慢慢踩穩步伐，遠離傾倒的樹木，這些樹隨時都可能有倒塌的危險。」他帶領著眾狗越過崎嶇不平的路面，小心翼翼地測試地面是否牢固，才站穩他的腳步。但是內心卻跟黛西一樣，急著想要朝聲音出現的方向奔去，胸中不禁燃起一絲希望。

當他們來到池塘周圍時，狗兒的吠叫聲變得更加清晰。

「我聽見了雷霆的聲音！」瑪莎擺動著尾巴說。

「還有布魯諾！」陽光緊接著搭腔。

「你在哪裡？」幸運問。

「我在這裡！」布魯諾回答。「我在池塘周圍的樹幹底下。」

幸運沿著地面一陣嗅聞，直到最後聞到了狗幫同伴的氣味。不一會兒，便看見了狗幫的同伴。他們在傾倒的樹木底下，以盤根錯結的樹根做爲避難所。樹幹落入水塘內，半埋進水底，樹根向外突出。幸運低下頭查看，見到樹根底下躲了幾個同伴。幸運見到甜心蒼白的臉龐也在其中，這才鬆了一口氣。

「樹木開始崩塌時，我們正好躲在樹下。」甜心解釋道。「樹根保護了我們的安全。但是當大地再次搖晃後，大樹開始滾動，將我們困在這裡。我們一直等到大地再度恢復平靜時，才開始想辦法逃出。」

麥基跳往樹旁。「大咆哮現在似乎平息了些，我們來幫你們脫困。」農場犬開始踢開結塊的泥土，史奈普則前來協助他，輕而易舉地用她有力的小短腿掘開成堆的泥土。黛西協助麥基和史奈普鑿開泥土，幸運、貝拉和瑪莎負責清理出一條通道，陽光則在一旁加油打氣。

「快挖通了！」小歐米茄喊道。

過了一些時候，甲蟲從樹幹底下爬出。「幸運！」他喊道。他細瘦的尾巴在空中拍打了一下，開心地與狗幫同伴們會合。「你們難道不覺得，這裡是躲避大咆哮的絕佳地點？」

「看來的確是。」幸運帶著欣喜之情搖擺著尾巴。

「這全是我的主意！」幼犬一臉驕傲地說著。

「這是眞的，」荊棘跟隨哥哥的腳步，鑽出濡濕的草地，甩了甩身上的毛髮。「他說這裡是絕佳的避難處——這棵大樹可以替我們阻擋其他傾倒的樹木。甜心也同意我的看法！」

「是啊，我同意他的看法。」兩隻細瘦的前腿鑽出樹底的間隙，最後鑽了出來。幸運趕往她身邊，興奮之情不可言喻。

「你很聰明，知道要避開懸崖。」

「發生何事？」她的黑色眼瞳與他四目相接。

「懸崖有部分落入寬闊湖水，幸好我們都沒事。另外還救了長爪脫離險境，讓他們可以逃進巨鳥的肚子。」

甜心斜倚著頭。「我們看見巨鳥在空中盤旋，但是當時情況實在太過混亂，一時之間沒認出來。」

「栓鍊犬們動作俐落迅速，」幸運對甜心說。「他們向狗幫展現了他們的忠誠，特別是麥基。」幸運思忖著最好別多嘴解釋——甜心或許不明白，麥基堅持把長爪救出坑洞的執著。麥基的雙眼閃爍著光芒，他低垂著黑白相間的頭。

「很高興聽到大家平安無事，」狗幫成員陸續從樹幹底下鑽出後，甜心開口說。他們渾身毛髮濕透，身上沾滿了泥巴和雜草，但是沒有任何一個成員受傷。

甜心走離幸運身邊，前往山谷的方向。她倒抽一口氣，回頭張望。「真是難以置信。我還以為懸崖很堅固，就像山一樣屹立不搖，但是地犬只要動動身上的寒毛，就連懸崖也會崩塌。」她越過雜草堆繼續前進，月亮卻趕緊喚她回來。

「艾爾帕，小心！地面隨時可能再次搖晃。最好離懸崖遠一點。我們還需要仰賴你來帶領我們。」

甜心轉過身去，返回狗幫成員身邊。「你很機智，」她對月亮說。接著，蹭了蹭甲蟲和荊棘。「就跟你的孩子們一樣。」她那雙機靈的棕色眼瞳掃向狗幫的同伴。「未來的日子裡，我們需要集結更多的智慧繼續走下去。」

幸運也凝望著狗幫的成員。從樹根底下鑽出來的衆狗們，紛紛舔去身上沾黏的泥土，並在草地上打滾，好清乾淨身體，但是他們的目光多集中在艾爾帕身上。雷霆甩了甩身上的短毛，她抬高了頭，耳朵豎起。

甜心的目光越過了山谷。「我們必須重新建立家園，一個能夠抵禦危險的地方。現在我們必須團結一致。大咆哮再度發生，而我們都活了下來。如果大咆哮停止了，這意味著猛犬狗幫的衆狗也將跟著重新振作，甩開身上的泥土，告別被摧毀的一切。刀鋒知道這場大咆哮會發生，她預見到它。現在，她肯定對自己的預言能力充滿自信——地犬發怒了，需要獻祭品。她很快就會來尋找我們，我們必須隨時做好準備。」

幸運低下頭，望向懸崖的方向。他不願去多想刀鋒那個惱人的預言，以及她與他出奇雷同的夢境。但是甜心說得對：大咆哮只會令刀鋒變得更加堅定。她肯定會前來尋找雷霆，殺害任何一隻想要保護她的狗。

幸運渾身發顫。**我們所剩的時間不多**。

第十二章

狗幫的成員們面面相覷，抬起頭，一臉困惑。

「大咆哮怎麼會跟刀鋒扯上關係？」月亮問。

布魯諾穩穩坐在一旁，清了清喉嚨。「月亮說的沒錯，艾爾帕你應該知道。你十分聰明，我們也都知道刀鋒向來不懷好意。但是事情總有個限度，就連她的能力也不可能無遠弗屆，掌控自然界的萬事萬物——沒有任何一隻狗辦得到！」

眾狗異口同聲地紛紛表示贊同，幸運立刻明白，甜心並未把狗幫的四名成員，曾聽見刀鋒如何大放厥詞的事告訴大家——刀鋒堅信地犬發出了怒吼，而且深信神靈之犬若是沒有收到雷霆做爲獻祭品，事情絕不會有平息的一天。

幸運背脊的寒毛直豎。他走到甜心身邊，輕輕用鼻子蹭蹭她。「你確定要向大家說出刀鋒的預言。」他問。「他們對夢境的事一無所知，說出來恐怕會嚇壞他們。」

幸運聽見腳底傳來踩踏地面的嘎吱聲響，低頭看見懷恩。小狗兩隻眼睛向外突出，吐著舌頭。「什麼事會嚇壞我們？」他喘著氣說。「你有什麼事不讓我們知道，貝塔？」他轉過身去、眼神兇狠。「我們的艾爾帕和貝塔有事瞞著我們。他倆老是躲在一旁竊竊私語……」

狗幫成員間立刻引起騷動。

甜心怒視著眼前這隻短腿犬，他向後一陣退縮，躲在布魯諾和瑪莎之間。

「事情不是大家所想的那樣。」幸運急忙澄清。

麥基若有所思地望著他。「你被困在刀鋒的巢穴時，她是不是說了什麼？」

雷霆渾身僵住，發出低吠。

甜心嘆口氣。「麥基，你很聰明。我不知道是否應該一五一十地說出來。幸運說的對，沒必要把實情全說出來嚇壞大家。」

月亮睜大了眼睛。「如果你希望狗幫成員能夠團結一致，我們就必須知道事情的眞相。」

甜心高舉其中一隻蒼白的腳掌，舔去上頭沾著的泥土。「為了狗幫的利益著想是該全盤說出……如果幸運不介意的話？」

幸運屏住呼吸，尾巴不安地甩到身體的一側。他並不希望把夢境的一切全說出來。這讓他毫無隱私地暴露自己的一切。**這件事不只關乎你自身而已**，他立刻這麼對自己說。他嚥下內心的恐懼，低下頭，默默表示同意。狗幫的所有成員此時陷入一片緘默，等候甜心向他們吐露一切。

「你們是否記得大嗥叫那天夜裡，幸運不醒人事？」甜心開始娓娓道來。「他在大嗥叫時見到了異象，令他無所適從……」她的聲音變得柔和了些。「還有，他不斷重複做著相同的夢。」

在場的眾狗們開始騷動，幸運感覺得到大家明顯感到不安，他們豎起耳朵，尾巴夾在兩腿之間。他不敢直視所有成員，於是望向遠方崩塌的懸崖，無法與一個個帶著好奇的眼神有所接觸。**要是他們因此覺得我很軟弱**？他以眼角餘光望向一旁的甜心。

「都是些什麼樣的夢境？」達特顫抖著聲音問。

甜心放下細瘦的腳掌。「他在夢境中見到了一場暴風雪，以及狗幫間發生的激戰。」

「是關於雷霆之犬的夢境，」史奈普喃喃說著，她的耳朵向後豎起。「你現在還夢到這些嗎，幸運？」

「我的母親很久以前曾對我說了一個駭人的故事，」達特接著說。「神靈之犬間彼此大戰。閃電與天犬交鋒，地犬則與河水之犬激戰。這一切都發生在拂曉時期。」

史奈普專注地皺起了鼻子。「我也有些印象……不過並不像甜心描述的那般，是眾狗間的大戰？這場浴血之戰，唯有倖存的狗幫才能存活下去？」

月亮抬起頭，充滿自信。「沒錯，我記得是狗幫之間的大戰。」

幸運嗅聞到狗幫成員間傳來的恐懼氣味。**大家似乎打從孩提時代就聽聞過雷霆之犬的傳說。這件事現在喚回了他們的記憶，令他們莫不感到恐懼。**

「這正是問題所在，」甜心說。「我們多數都聽過雷霆之犬的傳說，但是我們並不知道這個傳說背後代表的意義。雷霆之犬卻不斷出現在幸運的夢境中。」

「這些不過是傳說，不是嗎？」瑪莎問。「這些故事是狗媽媽們想要嚇阻孩子，不要調皮的方式。『孩子們別互相打鬧，神靈之犬正在望著你們。你們不想要惹惱雷霆之犬吧。』」

「我也是這麼認爲，」甜心說。「但是現在我不禁懷疑……幸運被困在猛犬狗幫的巢穴時，刀鋒對他說的事……簡直令人難以置信。」

幸運偷偷瞥了狗幫成員一眼。大家莫不渾身緊繃。

甜心舔舔她的嘴唇。「刀鋒說，她預見一群狗發生激戰……她的夢境內容竟跟幸運所夢見的一切不謀而合。」

大家莫不瞠目結舌。甜心清了清喉嚨繼續往下說。

「幸運從未向刀鋒透露過他的夢境內容。他選擇保持緘默。刀鋒對他說，地犬之所以發出怒吼，那是因爲她大發雷霆，等到她再度發出咆哮，將摧毀整個世界。只有一個方式可以阻止地犬發怒。」

衆狗噤聲不語。空氣中依舊瀰漫著恐懼的氣味。

雷霆率先打破沉默。「這全都是因爲我，不是嗎？我一直以爲刀鋒殺了拉拉，是因爲他太虛弱，或是因爲她討厭我們的母親，跟母親結了仇，所以要殺死我們。後來我又想到，可能是因爲我脫離她的狗幫，所以導致她勃然大怒。但是你說的卻是，她爲什麼要殺了大牙，還有爲什麼想要置我於死地的原因？因爲她認爲……」雷霆忍不出拉高音量。「我會招致雷霆之犬的怒火？」

甜心猶豫著不知道該如何開口，幸運最後搭腔。「沒錯，雷霆。她堅信大咆哮後出生的幼犬，將引發雷霆之犬間的大戰，以及毀滅世界的終極咆哮。當她發現遺棄的幼犬存活了下來，因此殺死了拉拉。之所以留下大牙，是因爲她想要利用他逮到你。」

雷霆聽見手足的名字，忍不住難過地皺起了鼻子。

麥基的鬍鬚顫抖了一下，忍不住發出一聲長嘆。「那隻我們在狗花園發現的幼犬？」他迅速地望向雷霆。

「那隻幼犬是刀鋒的親骨肉。」幸運默默說著。

甜心的前腿在濡濕的地上踩踏了一下。「這意味她是認眞看待這件事。她下定決心殺害她的孩子，救她自己、她的狗幫，還有所有的狗——她堅信自己的想法不會有錯，並認爲自己的確救了其他同類一命——因此她肯定會不惜一切殺死雷霆。這也是爲什麼，刀鋒要誘騙幸運上鉤，爲的正是利用他抓到雷霆。我們能逃脫，全是因爲地犬發出了怒吼。刀鋒一確定逮住了雷霆，就毫不留情地殺死大牙。不論你如何向大牙解釋，他都誓言效忠刀鋒。沒有任何一隻狗膽敢反對她。我親眼見到她撕碎了那隻幼犬。」

過了好一會兒時間，才聽見說話聲傳來。

月亮步上前，她的黑色耳朵向後一翻。「刀鋒眞要前來追捕我們，我們是該逃命。就連我們的前任艾爾帕也都跟她站在同一邊。」農場犬不由得渾身發顫。「我們寡不敵眾，而且還失去成員。不可能是猛犬狗幫的對手，只有選擇逃命一途。」

「要逃到哪裡去？」麥基問。「她終究會找到我們……你們知道，她一定找得到。」

「但是我們總不能留在這裡，等刀鋒找上門吧。我們還有幼犬得照顧。」

月亮睜大了眼睛望著甲蟲與荊棘。

荊棘伸出黑色前腿踩在草地上。「我們不再是幼犬了，一樣可以加入戰鬥，就跟雷霆一樣！她教了我們幾招。」

「不！」月亮大喊道。她不安地眨著一對藍色的眼睛。「我不能再次承受喪子之痛！」

幸運舔了舔鼻子，一臉不確定。**麥基說的對，如果我們現在離開，刀鋒肯定會緊跟在後。我們永遠逃不開她的魔掌**。幸運的胞妹緊接著說。

「我不認為我們該逃，」她的口氣堅定。「狗幫的成員中有年幼、也有年長的狗……況且我們總不能逃一輩子。猛犬狗幫最後終究會追上我們。我們應該吃飽喝足，做充分的休息，以面對他們的攻擊，而非在無預警下遭到對方襲擊。」

「我們不會拖垮狗幫！」荊棘發出抗議，成員間立刻陷入一陣喧囂，有的贊同月亮的看法，有的則傾向麥基的做法。

這時，懷恩從同伴間鑽了出來，清了清喉嚨說。「還有一個辦法。」

「還有其他辦法？」達特重複道。「是什麼辦法，懷恩？」

眾狗立刻陷入一片沉默，等候眼前這隻有著一張扁塌臉龐的黑色小狗說出他的看法。

懷恩喘了一口氣，從嘴裡吐出粉紅色的舌頭。「既然不能跟刀鋒正面衝突，又不想要一輩子逃命，很明顯只有一個可行的解決辦法：我們把她想要的東西交給她，不就行了。」

幸運跟麥基立刻大加反對，但是懷恩卻提高了音量說。「我們不必對小猛犬負任何道義責任——如同太陽之犬升起與落下，身爲猛犬狗幫的同類，永遠都不會改變殘暴跟不值得相信的天性。她生來並非荒野狗幫的一員，我們當中沒有任何一隻狗，應該犧牲生命保護她的生命安全。我們並不虧欠她。」

幸運聽完這番話不禁勃然大怒。**懷恩竟敢當眾指控雷霆不值得信任，他自己不才是狗幫成員中最狡猾與壞心眼的傢伙**？他原以爲狗幫成員會對此表示反對，沒想到大家對小狗這番話又是一陣緘默。史奈普抬起頭，垂下她的耳朵。月亮心不在焉地咬著前腿。

幸運望向雷霆的方向，害怕她會去攻擊懷恩，卻不見雷霆大動肝火，而是難過地低下頭。她全身蜷縮在一塊兒，看起來像隻迷途的幼犬，而非兇猛殘暴的攻擊犬。

懷恩繼續說，絲毫不帶一絲歉意。「我們總是費心地避開猛犬的攻擊。有誰知道我們究竟爲此跋涉了多少路程？但是不論我們躲到哪裡，他們總有辦法找到我們。我們難道非得爲這樣一個闖入者，冒著生命危險嗎？」他瞪大了眼睛，目光在衆狗間游移，音量逐漸放大，聲音因爲激動而變得尖銳。「萬一刀鋒說的沒錯——她所做的夢境似乎跟幸運雷同，而我們又如此相信**他**。」

幸運怒不可遏，奮力朝那隻短腿胖狗的方向猛衝，將他壓制在地，抵住他的喉嚨，大聲咆哮。「你好大的膽子！雷霆已經一再地向荒野狗幫證明她的忠心……而你卻只會恣意評斷他人，破壞狗幫的團結。內心存有一點道德感的狗，絕對不會說出像你這樣的話！我現在就該把你推下懸崖，給你一點教訓，你這顆老鼠屎！」

懷恩在幸運的壓制下，渾身發顫。「我不過是說出自己的想法罷了！」他急忙澄清。

「貝塔，」甜心輕聲說。「儘管這個主意糟糕透頂，展現懷恩向來的懦弱——但是他有權表達心中的想法。」

幸運極不情願地抽開身體，懷恩立刻跑到布魯諾的身後躲著。

「我們絕對不能存有，把雷霆交出去就天下太平的想法，」瑪莎開口說完後，走到小猛犬的身邊。「雷霆向來對荒野狗幫忠心耿耿，就算刀鋒逮到她，她也誓言返回荒野狗幫，而且也通過了憤怒試煉——與自己的親手足進行了一場公平的打鬥，證明了她的能力凌駕了她原來的同類。」瑪莎溫柔地舔了舔雷霆的耳朵。「荒野狗幫何其有幸，擁有這樣的成員。」

雷霆緊貼著瑪莎，將她的頭埋進大狗蓬鬆的黑色毛髮裡。幸運的內心不禁流過一股暖流。兩隻狗曾經爲了是否跟猛犬狗幫正面衝突而產生嫌隙，不過看來她們如今盡釋前嫌。

月亮站在衆狗的另一側開口說：「雷霆曾經冒著生命危險救過費瑞一命，雖然最後他仍回天乏術，但是錯不在她……也不怪任何一隻狗。」

「她曾試著要救爸爸一命！」荊棘大聲說著。

「她是狗幫的一員。」甲蟲搭腔。

黛西接著開口說：「我無法想像，狗幫少了她會成爲什麼模樣……我們不會把她交給猛犬狗幫，是吧？我們的狗靈絕對不允許我們這麼做。我們既不是狐狸，也不是利爪！」

幸運望向狗幫眾成員。其中沒有發言的同伴，紛紛陷入沉思與不安之中。他留意到達特正望向崩塌的懸崖方向，布魯諾則不敢直視他的眼睛。

懷恩步上前，顯然剛才與幸運發生的一陣扭打並未讓他受傷。他伸出一隻前腿踏進水塘旁的泥地裡，抬起目光望向幸運，眼睛向外突出。「你還記得自己曾經提倡過四個掌印的構想吧？」他語帶嘲弄。「如果其他三個同伴贊同我的看法，就代表他們同意將雷霆交給猛犬狗幫，讓荒野狗幫的成員們可以永遠擺脫他們的威脅。這場投票將代表迎接和平的到來——不再總是要到處奔波逃命，也不必面對殘酷的打鬥。其他成員將聽從我們的決定——爲什麼，因爲這是我們的貝塔所訂下的規矩。」

此時，甜心站起身，懷恩儘管一時之間向後退縮，卻穩穩地將前腿踩進泥巴堆裡。

「我是否該提醒你，我才是你的艾爾帕？」甜心大聲咆哮。「你無權妄自決定一切。」

「決定權當然仍在你身上，我們尊重你的決定，」他喘口氣，低下頭以示尊敬，卻顯得有些虛僞。「我們的新任艾爾帕，難道害怕聆聽狗幫成員的意見？願意低估你所選出的貝塔，想出這樣**絕頂聰明**的構想，替衆狗做出決定？」

快腿犬聽完這番話後皺縮起鼻子，耳朵抽動，陷入沉思。

別允許他這麼做，甜心，幸運暗自祈禱。**別理會那個狡猾的傢伙——這對雷霆來說並不公平！**在如此緊要的關頭，幸運選擇沉默——這是甜心在衆狗面前展現自己果斷一面的重要時刻。大家站在一旁等候，甜心向前一步，望向衆狗。

甜心深吸一口氣，開口說。「很好，」她的口氣冷漠。「你們可以進行投票。如果在場任何一個成員願意罔顧同伴的性命，現在可以站出來。」

第十三章

幸運感覺到所有的壓力都落在他的身上。四周一片安靜，他幾乎可以聽見池塘表面水波蕩漾的聲響，以及山谷間傳來的蟲鳴聲。

這時，達特細瘦的四肢步上前去，猶豫了一會兒後，便將腳掌踩踏在懷恩身旁。

幸運一陣心痛，咬著牙。

「很抱歉，貝塔，」追逐犬輕聲說。「我從來就不認爲猛犬能融入我們。這件事跟個人無關，只是她顯得有些……不同。她應該跟自己的狗幫一塊兒生活。讓他們去決定她的未來吧。」

幸運壓抑住內心的不悅，就在他要開口說話前，耳邊傳來了沉重的腳步聲，他的目光在眾狗間游移，見到布魯諾步上前。老狗吐著舌頭舔了舔黑色的嘴角，接著腳步重重地踩踏在達特的身旁。

「雷霆可是我們狗幫的成員！」幸運大聲說道，感覺受到背叛。

布魯諾嘆了長長的一口氣。「很抱歉，幸運。我實在不願意交出幼犬，讓她去送死。但是為了更大的福祉著想，有時必須做出痛苦的抉擇。如果雷霆的離開，意味著刀鋒將不再來找我們麻煩，或者能夠終結『雷霆之犬』的傳說，那麼為了狗兒們的福祉著想，的確有必要犧牲雷霆。」他吸了吸鼻子，儘管說出內心這番話，卻露出了羞赧的表情。「我們現在必須立刻將雷霆逐出我們的狗幫，否則一切將會太遲——讓她終止這場無止盡的追逐戰吧。」

幸運怒吠一聲後，趕往雷霆的身邊，緊靠在幼犬身邊，讓她夾在他跟瑪莎之間。他壓低頭、抬高頸背。瑪莎也跟他呈現一樣的姿態，她掀起上嘴唇，露出一整排白色的牙齒。他們對狗幫的其他成員們怒目相視。他倆傳遞的訊息再清楚不過。

任何一隻狗如果想要將雷霆驅逐出去，就得先通過我們。

狗幫的成員間陷入一片緘默。懷恩、達特和布魯諾仍維持先前的態度，他們的腳掌踩在泥地裡，幸運目露兇光地望向狗幫其他成員。根據他訂定的四個掌印理論，現在只差一票就能夠達成協議。

我不在乎四個掌印的理論是不是我訂出來的。我絕對不允許任何一隻狗將雷霆趕出荒野狗幫！

他屏住呼吸，時間在這一刻似乎靜止了下來。接著，他聽見一陣腳步聲傳來，心臟撲通撲通地跳。不知是誰正往前走來！令他驚訝的是，步上前來的正是甜心。

快腿犬走到懷恩面前，停下腳步。「夠了！」她大聲喊道。「我已經聽完狗幫成員們的意見，眾多成員間還是有幾個同伴贊成將雷霆趕出狗幫——不過多數成員皆贊同我的決定。雷霆依舊可以留在狗幫，我們將保護她的安危。」

幸運總算鬆了一口氣，有那麼一刻心中充滿了感激。**甜心想當然耳從不令我失望。**

瑪莎發出隆隆的吠叫聲傳達內心的喜悅，雷霆的尾巴迅速擺動了一下。懷恩摸摸鼻子離開，達特則退往他處。布魯諾則是甩甩頭，端坐一旁，跟大家相隔一小段距離，舔去腳掌上沾黏的泥巴。

幸運嘆口氣，他望向聚集在一旁的眾狗。月亮眨眨眼，把她的頭枕在甲蟲的額頭上。史奈普則緊靠在麥基的身上。

多數狗兒們的臉上露出了喜悅的表情，他心想。**甜心的領導方式令他們感**

覺自在許多。

「我們下一步該怎麼做？」史奈普突然問。「我們都知道刀鋒不久就會來追捕雷霆，她會把不久前發生的大咆哮，視爲地犬發怒的徵兆。」

貝拉開口說：「我們直到現在既沒有逃走，或是躲起來不被找到的意思——我們選擇讓刀鋒採取行動，我們則選擇退守一旁靜觀其變。」

「你有什麼提議？」甜心問她。

幸運一臉好奇地看著貝拉。她的兩隻眼睛閃閃發亮，就像幼時一想到什麼好主意時，一對眼睛就會變得炯炯有神。「我們必須趁刀鋒不注意時突擊她。我有個計劃。」她望向集結一旁的眾狗。「我們給刀鋒開個條件：猛犬狗幫的艾爾帕，可以自己取走雷霆的性命，但是決戰的地點必須在結冰的河水旁——是一場雷霆跟刀鋒間的戰爭，刀鋒必須單槍匹馬前來迎戰。」

雷霆的喉嚨發出低吠。「我很高興能跟她對戰。替我的手足……也爲了我的狗幫報仇。」她一臉驕傲地抬高了頭。

幸運的身體一陣緊繃，轉身面對她。「不過你最近才舉行過你的成年禮，刀鋒的年齡長你許多——而且在打鬥方面比你有經驗多了。」他回頭望向貝拉。「總之，我懷疑刀鋒會遵守約定，她的狗幫肯定會埋伏一旁。」他的鬍鬚顫抖了一下。空氣變得潮濕，頭頂的天空堆積了一層又一層的灰雲，冰冷的雨水落在幸運的鼻頭上。

「貝塔說的對。」甜心點點頭。「刀鋒絕對不會獨自前來應戰。」

貝拉充滿自信地擺動著尾巴。「她當然不會獨自前來！幸運，你是否還記得，當初我們跟隨荒野狗幫的氣味，前往寬闊湖邊前經過的一處地方嗎？那地方草木不生，地面堆滿了沙子？我們在河岸邊發現一條小徑，其中一側緊貼著小河，另一側則是高聳的懸崖。」

月亮抬起她的頭。「我知道你描述的那個地方。我們還沒有看見寬闊湖水就嗅聞到空氣中充滿了鹹味是吧？那裡的地勢險峻——吹著勁風，而且草木不生。」

幸運想起了這個地方，雖然記憶有些模糊。「而且距離這裡很遠。」

「不到一天就可以抵達，」貝拉回應。「這地方難道不是一個絕佳的埋伏地點？我們可以要求刀鋒前來這裡應戰，然後我們埋伏在懸崖後方，等到猛犬狗幫經過時，出奇不意地對他們發動突擊。我們站在制高點，取得了優勢。要是能夠讓猛犬狗幫的領袖落單更好……刀鋒的兩名貼身侍衛叫什麼名字來著？」

幸運回想起老是緊跟在艾爾帕身邊那兩隻體格壯碩的猛犬。「麥斯跟短刀。」

「沒錯。」貝拉的腳用力地在地面踩踏了一下。「如果可以引開他們的話……」

「我受夠這些爛主意！」懷恩打斷貝拉的話。「這是我聽過最愚蠢的計畫。只要你們將雷霆逐出荒野狗幫，何來這一切麻煩事。她從來就不屬於這裡。」他挑釁地望向甜心。「如果你堅持不願意犧牲雷霆，那我離開好了。我可不願意跟你們繼續攪和下去，最後慘遭猛犬的蹂躪！」

甜心不悅地張大嘴說，「你向來膽小怕事，」她發出咆哮。「老是抱怨個沒完，而且狡猾……如果你想離開，請便。現在就走！」她目光銳利地環視狗幫的其他成員。「如果有誰想走也可以離開。我不會強迫你們一定得留下來。」她的目光落在達特跟布魯諾身上。

布魯諾抬起眼睛，望向甜心，濃密的尾巴夾在兩腿間。「我擔心把雷霆留在狗幫會出事——因此威脅到其他成員的安危——但你是艾爾帕，有權做出決定。我尊重你的決定。這是我的狗幫，我不會選擇離開。」

「我也不會。」達特接腔，她的腳步顯得不安。

「你們沒必要離開，」甜心說。「只要你們對狗幫忠誠，這裡永遠歡迎你們。」

懷恩齜牙咧嘴，露出牙齒。「眞是溫馨啊，」他語帶嘲弄。「相信你們是個快樂的大家庭。最後仍難逃猛犬狗幫的攻擊，我話說到這裡！再見，一群蠢狗。我應該是其中最有腦子，最後得以生存下去的狗。」

懷恩抬高他的頭，轉過身離開。大雨滂沱，四周白茫茫一片。

幸運望著小狗離開，直到短腿狗的身影消失在一片大雨之中。

愚蠢的傢伙！幸運忍不住感到悲傷。**他不擅長獵食，就算使出渾身解數，也不會是隻受傷利爪的對手。**

懷恩做了這麼多惡毒事後，幸運應該慶幸小狗的離開。

他老是喜歡搞分裂，打從我加入荒野狗幫起，他就一直想盡辦法找我麻煩。

但是幸運的耳朵低垂，在滂沱大雨中低垂著尾巴，心中沒有一絲怨恨。他懷疑小狗能否單憑一己之力活下去，恐怕此生再也見不到他。

第十四章

眾狗們集結在樹下，離池塘一段距離。掉光了樹葉的枝椏，沒法遮蔽不斷落下的雨水。陽光渾身發顫，緊貼在幸運身邊。

「太陽之犬上哪兒去了？天空漆黑一片，要怎麼見到陽光。」她甩了甩身上骯髒的白色毛髮。「你認爲大咆哮是否把祂嚇跑了？天犬這陣子似乎特別容易發怒，」她說。

幸運不知道該說些什麼才好。陽光說得對——厚重的雲層遮蔽了天空，大雨依舊沒有停歇的意思。

布魯諾嘆口氣。「懷恩不擅長打鬥，見到他離開，我很難過。失去任何一隻狗，只會更加削弱狗幫的力量。」他悲傷的棕色眼睛望著貝拉與甜心。「你當真覺得，我們打得過猛犬狗幫，就算我們突襲他們？他們生來好戰——血液中流著殘暴的因子。我們已經失去像費瑞這般強壯的狗，現在就連我們的前任艾爾帕也選擇投靠猛犬狗幫。我們要如何擊敗他們？」

貝拉陷入沉默好一會兒，接著打起精神。「我們**現在**或許不是狗幫的對手。不過只要多加些人手，說不定可行。」

史奈普好奇地抬起頭。「狗兒可不會憑空出現，你應該知道。我不記得上回見到荒野狗幫或是猛犬狗幫時，他們之中有什麼新面孔。」

「我知道上哪兒去找，」貝拉搖擺著尾巴，語帶驕傲。「崔奇率領的狗幫！還記得我們說過，曾在樹林裡見過他們的事嗎？自從他們的瘋狂領袖喪命後，現在成了一個堅強的狗幫，成員們個個都是強壯的鬥士。要是我們能夠說服他們幫助我們，荒野狗幫便不再勢單力薄，有機會擊敗猛犬狗幫，再加上一場出奇不意的突擊。」

甜心站在一株灰白色的老樹底下，瞇起眼。「這並非一場**榮譽**之戰。我記得沒錯的話，你跟你的栓鍊犬同伴們，當初曾經用同樣的伎倆攻擊過荒野狗幫，只不過當時你們利用狐狸壯大聲勢。」

貝拉垂下尾巴，卻抬高著頭，望向甜心。「那是個錯誤的決定，我絕不會再重蹈覆轍。這回我們的同盟者，比狐狸更優秀且值得信賴。」

「你憑什麼相信這群狗值得相信？」黛西問。「我們對他們一點都不了解，無懼當初率領他們時，他們不也十分殘暴。」

「但是無懼現在不再率領狗幫，」貝拉說明。

達特不安地走到布魯諾身邊。「我們可以相信崔奇的狗幫，崔奇現在是他們的艾爾帕，而他曾經是荒野狗幫的一員。畢竟，他跟春天還有手足之情，」儘管她的語氣中透露著難過。「他向來堅強且勇敢。如果他願意跟我們並肩作戰，絕對不會讓我們失望。」

幸運一陣退縮，回憶起春天這隻垂耳犬，如何在寬闊湖邊的條紋高聳建築物外奮力抵抗猛犬——猛犬們如何稱呼這棟建築物？「燈塔。」他渾身發顫地記起這場霧中大戰。春天最後敗下陣來。她的死令幸運痛心。他的腦中出現獵犬在水中載浮載沉的畫面，漂離陸地愈來愈遠，其中一隻長耳朵在水面漂動，另一隻耳朵則是遮住了她的眼睛，彷彿睡著般。幸運甩甩頭，想要甩開腦中的畫面。

甜心站起身，她的眼睛望著貝拉。「你的主意雖然並不光明正大，但或許值得一試。」

貝拉搖擺著尾巴。「我可以前去尋找崔奇，跟他的狗幫談談。說不定有誰可以跟我一道去。麥基或是黛西，你們想要一道去嗎？」

「不行。」甜心一腳踩進滂沱大雨中，耳朵低垂。「我們應該一塊兒行動。分開行動只會讓我們暴露在危險之中，我們不知道刀鋒的下一步，或是她打算何時朝我們發動攻擊。我們必須集體行動才行。」

陽光瞪大了眼睛。「但是天犬可不允許我們這麼做！現在地面不但濕透，而且大咆哮讓土地變得鬆軟。集體行動難道就不危險？」

「我們小心一點就是，」甜心對她說。「至少，現在這種天氣可以暫時拖延猛犬一陣子。我們必須善加利用這樣的時刻。」

她小心翼翼地步下斜坡，幸運趕往她的身邊。雨水順著他身上濡濕的毛髮往下流，敲打在柔軟的泥地上。他的腳掌在濕滑的泥地上難以行走，心想陽光的考量不是沒有道理。

我們無從得知，踩在腳底下的土地是否足夠堅硬。萬一再度遭遇懸崖崩塌的情況，該如何是好？

他渾身發顫，回頭望向小歐米茄的方向。她站在滂沱大雨中一臉堅毅的表情。她的腳底陷進了泥巴地裡，走起路來步伐十分不穩。

幸運一想到走到河邊後，得要越過它，才能抵達崔奇所在的森林，還有一大段距離。一路上將充滿困難。

甜心率領狗幫成員來到山谷，小心地不接近懸崖。幸運則帶領著她沿著湖邊小徑前進，他曾經跟史奈普和其他同伴，遠離大浪與崩塌小鎮的小徑。

萬一湖水之犬仍在氣頭上？掀起另一道大浪將我們打落水裡？

幸運不想說出心裡的煩憂，但是他的目光卻不斷地望著滂沱大雨、白色的浪花，直到湖水的模糊影像逐漸映入眼簾。在微弱的光線中很難看清眼前的一切。天上緩緩飄落的白雪與帶著鹹味的湖水逐漸融爲一片。

走下岩石陡坡比往上爬要困難得多，特別是在這樣的天氣裡。幸運的腳底在堅硬的路面打滑，他奮力想穩住自己的步伐。雨水夾雜著白雪結成的霜難以肉眼見到且帶著致命的危險。

「這裡得格外小心，地面特別濕滑！」幸運向後朝同伴嚷道。

他的提醒似乎來得太遲，陽光在結冰的地面一個打滑，越過幸運，重重摔在她面前的石板上。她發出尖銳的哀號聲，幸運立刻蹲伏在她身邊查看。

「你沒事吧？哪裡受傷了？」

她一個瑟縮，倏地站起身。「我想應該沒事。不過是受到驚嚇，現在看來沒什麼大礙。」

布魯諾長滿了鬍鬚的鼻子輕輕蹭了蹭陽光。「讓我揹著你走吧。」

「謝謝你，」陽光輕聲說道。她端坐一旁，盡可能保持她的自尊，讓布魯諾咬住她的脖子，將她抬到身上。

儘管在昏暗的光線中，難以看清寬闊湖水的情況，不過根據聲音，幸運判斷大咆哮發生後，湖水此刻也變得平靜許多。狗幫成員們小心地走下坡前往湖岸邊時，幸運凝視著眼前的巨大波浪，觀察浪頭是否會拍打上岸。幸運想起湖水有退潮與漲潮的特性，忍不住打了個冷顫。他曾跟救援費瑞的同伴們，在夜裡躲在沙地上的洞穴裡時遭遇過類似的危險。大家在入夜後，發現湖水越過沙地淹進洞穴，而因此驚醒，所有的同伴被困在洞穴裡，差點淹死。

幸運壓抑住內心的恐懼。**湖水漲潮前我們還有一些時間……現在必須保持安全。**

甜心率先抵達湖岸邊。她帶領著狗幫成員沿著小鎮邊緣，在一片雨水夾雜著白雪與颳起的勁風裡緩步前進。幸運望著殘破的街道與崩塌的建築，慶幸地見到長爪並沒有返回的跡象。他希望他們永遠別再回到這裡。

這地方對狗兒或是長爪來說充滿危險。

他們沿著小鎮外圍盡可能地加緊腳步前進。濡濕的沙子飄落在他們身上，在腳爪間凝結成團。幸運不時停下腳步，朝空氣嗅聞。似乎不見任何猛犬狗幫的蹤影。

甜心呼喚著貝拉前去，她趕緊照辦。幸運、甜心和貝拉，與同伴們拉開一小段距離，不讓成員們聽見他們的談話。

快腿犬甩動身上濡濕的毛髮。「你們說的究竟是哪個地方？」

「位在湖岸邊再過去一些，」貝拉對她說。

「但是眼前的一切，跟過去已經大不相同，」甜心指出。「我見到大咆哮發生時，大浪遠遠打進陸地，掀翻了石頭，將樹木連根拔起……如果湖水之犬能夠翻越湖岸，那麼表示河水之犬也有相同的能力。你如何確定還能認得當初所指出的上游地點？」

貝拉看看幸運。「還記得我們曾見到過的那隻大型獵物出沒的地方嗎，牠的腳掌又圓又硬，長長的尾巴不停地甩動？」

幸運記起了這隻獵物。霎時，他似乎聞到了獵物身上帶著的辛辣氣味，忍不住舔了舔下巴。

「我記得地點是越過那裡之後。等我們抵達目的地後，我肯定認得出來是哪裡。」貝拉的目光橫掃過沙地。「越過寬闊湖水後，那片土地雖然崎嶇卻能見到植物，而且那地方沒有沙地。」她甩動身上的毛髮，繼續沿著濡濕的岸邊前進。

幸運回頭望向狗幫成員，見到大家筋疲力竭的模樣。雨雪落在冰冷的地面，大家莫不沿著艱困的地形行走，踩踏在濕滑的地面上。月亮奮力敦促著年紀尚輕的幼犬前進，但是這對他們來說，的確是艱困的考驗。瑪莎與布魯諾輪流帶著陽光越過濡濕的地面。

幸運希望過不了多久就能找到貝拉所指的地點。**萬一甜心對大咆哮發生後，河岸邊的地形出現變化的判斷沒錯？說不定我們到時會找不到合適的地點埋伏猛犬狗幫。萬一崔奇率領的狗幫離開了森林？**

他不知道狗幫成員們，在這樣惡劣的環境下還能支撐多久。他轉身望向貝拉和甜心，她倆走在隊伍前頭，接著他把望向湖中不斷掀起的浪濤。當他登上河岸邊的高地後，他見到湖水似乎改變了顏色，多了一些綠色的色調。狗兒們轉過一個大彎，繞過崎嶇的岩石前進，地形變得愈發沒有生機。

麥基走到幸運身邊。「瞧！遠處的湖岸露了出來。」

幸運贊同他的看法。在這樣惡劣的天氣下，見到湖岸出現，著實令人放下心中的大石頭。湖岸一直存在在那裡嗎？湖水之犬如果取代了河水之犬，那麼湖水將退往何處？

「我們就快要抵達目的地了，」貝拉說，儘管天候不佳，她仍搖擺著尾巴。她停下腳步，用鼻子在濡濕的地面一陣嗅聞。

甜心帶著戒慎恐懼的望向貝拉。**她似乎不信任貝拉的判斷**，幸運心想。

可以確定的是，來到河岸小徑的下一個彎道時，地面變得更加柔軟，踩起來更接近正常的湖岸土地。濡濕的土壤長出細窄葉片的雜草。

這裡正是我們當初見到大型獵物的地方。眼前的景物看起來十分熟悉，他感覺內心輕鬆不少。**貝拉的確知道自己所指的地點**！他的內心不免替她感到驕傲。

此外，這裡有許多低矮的樹木傾倒，大地裂了開來，露出了地底的棕色土壤。幸運不禁內心一震，因爲他記起夢境中所出現的地犬死亡之地。他想要甩開腦海裡的畫面。

「不遠了！」貝拉喊道。

河岸小徑再度出現彎道，石脈高高聳立於小徑之上。「就是這裡！」她帶著勝利的口吻說。

幸運蹙緊眉頭。這裡跟他記憶中的地方並不相同。石頭肯定是因爲大咆哮的緣故翻了過來，滾落到一旁。在一片大雨夾雜著白雪的惡劣天氣中，高聳的岩石宛如不懷好意的銳利尖牙。

甜心的目光在岩石間來回游移欣賞著，狗幫其他成員則集結在岩石四周。「這裡將成爲絕佳的埋伏地點，」她表達心中的看法。「岩石似乎成了絕佳的屏障，而且小徑狹窄，唯一的通道通往河水。我可以想見，刀鋒和她的狗幫成員落水的畫面，但我們必須想辦法攀爬到這些高聳的岩石頂端。」

黛西聽完艾爾帕這番話後，立刻登上低矮的岩石，想試著攀爬到更高的石階。突然間，岩石出現崩裂聲，她往後一跌，身後立刻落下一堆小石子。其他同伴見狀急忙閃避，布魯諾差點失去重心，滑下湖岸。

「當心！」史奈普大喊道。

老狗費了一番勁才回到小徑上。

黛西輕咬住身體一側的毛髮。「眞是抱歉，」她喃喃說著。

甜心怒視著黛西說。「做什麼事都得三思而後行！你難道沒見到眼前這些石頭既銳利又高聳難以攀登。我們必須繞到後方才行。」她的目光順著河邊的小徑望去。「往這邊走。」

快腿犬沿著湖岸行走時，幸運走到她身邊。雨和雪都暫時停歇，頭頂的雲層也逐漸散去。空氣變得冷冽，太陽之犬跑到天空的盡頭躲到被窩裡去。

「現在難以看清眼前的路，」幸運低聲說。「狗兒們需要休息。」

「我知道，」甜心輕聲說。「還有一小段距離。」

他們幾乎抵達當初救援小隊，與崔奇和他的新狗幫分道揚鑣的地方。突然間，一陣熟悉的味道傳來——少了鹹味，卻充滿更多的泥土氣味——經過大咆哮後，這地方似乎跟當初很不同。幾個濃密的矮樹叢從地面被翻起，其中一個矮樹叢漂浮在河面上，不斷擊打岸邊，像要爬出水面似的。懸崖後方的矮樹樹叢間依舊能見到蜿蜒的小徑。

甜心轉身望向狗幫成員。「岸邊的樹叢較多。我們就選在矮樹叢下方紮營。幸運跟我會試著找出登上懸崖的路徑。」

幾名同伴聽完後，顯得放鬆不少。達特端坐在地，瑪莎則把陽光放下。幸運留意到大黑狗一副疲憊不堪的模樣，不免感到一陣悲傷。瑪莎向來面對再大的困難總是精力充沛。**大咆哮的確令眾狗疲於應付**。

月亮跟貝拉開始到處嗅聞，準備選定晚上過夜的地方。幸運也想休息一會兒，不過甜心已經鑽出矮樹叢，跨過一株倒下的樹木。他急忙奔了過去。地面崎嶇不平，他差點被糾結的樹根絆倒。等他站穩腳步，這才發現甜心已經停在前方不遠處。

「往這邊走。」她催促著。

矮樹叢與泥土地面的景致，換成了筆直聳立的懸崖。幸運只得盲目地向前攀爬，此時的視線範圍不超過一隻狗身的距離。接著，他倆來到懸崖盡頭，這會兒他跟甜心正高高站在懸崖頂端。月亮之犬已經升到了他們頭頂的位置，河中留有甜心模糊的倒影。

幸運向下張望。小徑正位在他倆的腳底下。幸運想像，猛犬狗幫沿著小徑朝他們而來的情景，忍不住一陣哆嗦。荒野狗幫儘管想要對他們發動出奇不意的攻擊，占盡制高點的優勢，但是從這樣的高度向下跳，難保不會受傷。稍一失誤，可能全都落進河裡去。

他不安地轉頭望向甜心。「萬一計畫失敗？這麼做似乎挺冒險的。」

甜心探頭望向腳底的河水。「我知道，貝塔。我希望能想出更好的點子。但是我們得抱著破釜沉舟的決心，否則此生爲了躲避刀鋒的追捕將亡命天涯。」

幸運記起夢境中，猛犬狗幫最後擊敗了地犬，以殘暴的方式統治了世界，於是湊到了甜心身邊，將他的頭枕在她的肩上。

她舔了舔幸運的耳朵。「就算計畫失敗，我們也都盡了全力……至少，我還有你陪伴在我身邊。」

第十五章

太陽之犬躲在厚重的灰色雲層後方，他透出的微弱光線卻投射在河水上。昏昏欲睡的鳥兒發出啼叫聲，結了霜的雜草堆裡發出沙沙聲。

幸運睡眼惺忪地望著前方，甜心站起身。幸運極不情願地離開灌木叢與同伴帶給他的溫暖，但是甜心已經在伸展四肢，狗幫其他成員也紛紛打著哈欠清醒過來，甩動身上的毛髮。

不久，甲蟲與荊棘開始相互嬉鬧，渾身充滿精力，拉高音量發出吠叫邊朝對方身上猛撲，最後往河水的方向奔去。

「你們兩個小心點！」月亮跟在後頭呼喚著。「別靠小河太近，河邊很滑。」

幸運的鼻子呼出白色寒氣。他的背因爲暴露在空氣中都結了一層霜。他轉過身去，想要舔去那層霜，卻連舌頭都被凍住。

甜心發出銳利的吠叫聲，提醒狗幫成員注意。「史奈普你負責組織一個狩獵小隊……」她停頓下來，顯然在思忖著該派誰去。由於狗幫目前正面臨危險的處境，幸運知道，狗幫原來訂下的規矩和階級制度，並不在甜心的考慮範圍內。

「麥基和貝拉也去，」她最後做出決定。「我知道目前正值冰雪冬季，不過我聞到附近有獵物出沒，你們盡快出發去找些吃的來。一旦我們吃飽喝足了，就能夠動身。大咆哮發生過後，你們要多留心倒下的樹木和其他危險。」

「是的，艾爾帕，」史奈普回答，嬌小的身軀直挺挺地站著。她高舉著尾巴朝河岸邊的方向前去。麥基與貝拉緊跟在她身後，不久，他們便消失在眾狗眼前。

一陣腳步聲傳來，甲蟲朝營地的方向奔來，氣喘吁吁，他的妹妹也跟著回來。「我們有了新發現！」甲蟲說。

「而且十分不尋常。」荊棘接口說。

甜心與幸運跟在幼犬身後來到河邊。

「瞧！」荊棘大喊道。河水表面結了一層薄薄的冰。

甲蟲轉身對幸運說。「河水為什麼停止流動？河水之犬沒事吧？」

「有時候，當天氣變得十分寒冷，太陽之犬又躲了起來，河水就會結冰，變得十分堅硬，」幸運對他們解釋。

「河水從此不會再流動了嗎？」荊棘問。

幸運用鼻子輕輕蹭了蹭她。「河水當然會再次流動。也許等到今天稍晚，或是得等到春暖花開的季節，天氣變得暖和些。」

甲蟲奔向荊棘身邊，將妹妹推開。「那麼寬闊湖水是不是也會結冰？」

「寬闊湖水不會結冰，」幸運慢慢地對他解釋，這對幼犬來說難以想像。

也許什麼事都有可能發生，他不禁對自己這麼說，一時之間分了心，想起了夢境中的艾菲。他出現在一片雪白的世界中……河水之犬似乎也被凍結？幸運帶著不安環顧四周。**這地方會是夢境中出現的關鍵地點嗎**？他納悶著，回想起喪命的艾菲在夢中所說的那番話。**我會在這裡知道「該怎麼做」？盡到我的「責任」**？一隻烏鴉在附近啼叫，他緊張地豎起了耳朵。

瑪莎加入他們的行列來到河岸邊。她小心翼翼地舉起一隻腳踩踏在薄冰上拍了拍。接著，立刻把腳縮了回來，驚叫一聲。

甲蟲睜大了眼望著她。「河水之犬沒事吧？」他問。「你對河水之犬最瞭解，可不是？祂是否被凍傷了？」

「祂只是陷入沉睡之中，」瑪莎安撫著他，但是她望著眼前結冰的水面，鬍鬚卻不安地震顫了一下。

「快離開那裡！」月亮大聲喊道。「現在立刻過來。」

幼犬們轉過身去，投向母親的懷抱。

「我們很小心。」荊棘說。

「不管你們有沒有小心，我告訴過你們那地方很濕滑。河水的表面結了一層薄薄的冰，河水之犬就睡在河底下。你們可以想像如果你們掉進水裡，把祂從睡夢中驚醒，祂會有多生氣嗎？」

她領著幼犬們返回灌木叢下的臨時營地，讓甜心、幸運和瑪莎商討事情。

幸運見到瑪莎依舊愁容滿面。「河水之犬不會有事，」幸運安慰她。「我住在城裡時，公園內的池塘有時在寒冷冬季會結成冰，不過總是等到春暖花開時節又恢復原狀。」

黑色大狗將棕色的眼睛望向他。「這些我都知道，只不過……我忍不住感傷起來。彷彿河水之犬死去，永遠不再活過來。」她瞥開目光，甩動身上濃密的毛髮。「我覺得自己眞蠢，我想是因爲我有點累了。」

幸運想要開口說話前，瑪莎便轉過身，沿著河岸離開。她盯著結冰的河水，趴躺在地，舔著自己的腳掌。

「我應該去跟她談談，」他喃喃說著。

「現在別去。」甜心對他說。她伸長了脖子、豎起耳朵。狩獵小隊返回營地，貝拉的嘴裡銜著一隻鴿子，麥基和史奈普則各自抓了兔子。狗兒們紛紛集結於草叢四周。

幸運開心地搖擺著尾巴，他知道在嚴寒的天氣裡很難抓得到獵物。雖然不是什麼豐盛大餐，卻能夠讓狗幫的每個成員飽餐一頓。

狗兒們飢腸轆轆地退守到一旁，等候甜心享用多汁的兔肉，這意味著幸運將是下一個用餐者。他知道艾爾帕跟貝塔的位階，高過狗幫的其他成員，必須保持足夠的體力，才能保護大家的安危，但是他跟甜心仍留了獵物身上肥美的部位給體弱的成員們吃。他們跟狼犬不同，他只顧著自己大快朵頤，完全無視於其他低下階層狗兒們的需求。懷恩跟陽光已經有好些日子沒吃東西。幸運看著渾身骯髒的小白狗兩隻眼睛散發著光芒。

在甜心的帶領下，狗幫的成員們絕對不會有誰餓肚子。

他突然想起狼犬的遭遇。他身爲刀鋒的歐米茄，是否遭受差勁的待遇？他看起來骨瘦如柴，連胸前的肋骨都清晰可見。但是幸運卻一點也不同情荒野狗幫的前任領袖。**當他選擇前去投靠猛犬狗幫時，便已經做出了決定。**

等到陽光吞下最後一口鴿子肉後，大家便再度沿著河岸邊的小徑啓程。太陽之犬的陽光從雲層間透了出來，結冰的河水表面閃爍著微弱的光芒。不久，甜心便帶領著狗幫的成員遠離了無盡海洋，步履艱難地越過崩裂的土地與傾倒的灌木叢。他們深入山谷間的陡坡，嗅聞是否有其他狗兒出沒的跡象。

幸運的鬍鬚抖了一下，於是環顧四周查看。周圍的景致開始變得熟悉。樹木的數量逐漸增加，土壤上的植物種類也顯得豐富許多。幸運閃過樹根裸露在外、而在微風中顫抖著的傾倒樹木。大咆哮發生時，森林成了一個危險的禁地。他身上的寒毛直豎。萬一崔奇的狗幫沒有安然度過這場災難？

幸運停下腳步，仔細嗅聞，這時貝拉趕往他身邊。「你認得這個地方嗎？」

「應該認得，」他喃喃說著，在冰冷的空氣中嗅聞到崔奇微弱的氣味。「我想這裡應該是我頭一次見到無懼那隻瘋狗的地方。」

領在隊伍前方的甜心停下腳步，轉過身對狗幫成員說話。「天氣愈發寒冷，我們必須擴大搜索範圍，趁太陽之犬返家前，沿著河岸小徑返回懸崖。我想如果我們分開行動的話會比較有效率。我負責帶領其中一個小隊，幸運則帶領另一個。月亮，我希望由你來負責第三小隊。我將沿著懸崖四周的山谷間尋覓。月亮，你穿過森林折返回去，前往小城查看，但記得別離太遠。幸運，你帶幾個同伴朝森林裡去。」

月亮與幸運發出吠叫表示同意。

「每走幾步就要記得呼喚崔奇的名字，」甜心繼續說。「我們可不希望在沒有知會的情況下，讓對方誤以為我們誤闖他的地盤。」

黛西、雷霆和史奈普，你們跟著幸運一道行動。他們望著其他同伴各自分頭離開。接著，幸運輕輕發出吠叫，帶領幾個狗幫成員逕自進入森林，與河岸小徑背道而馳。他們緩步前進，發現樹木間的距離十分貼近。幸運每走幾步就呼喚著崔奇的名字，翻越腐敗的灌木叢，留心落下的樹枝。

體型龐大的烏鴉站在高聳的枝椏間啼叫，落葉被踩在眾狗的腳底下，發出碎裂的聲響。冰雪冬季的森林與散發出金黃色澤的楓紅秋天截然不同。太陽之犬的光線穿透裸露的枝椏，在崎嶇的地面投射出形狀怪異的陰影。幸運覺得自己有些急躁，希望能夠盡快與狗幫的成員們會合。

森林裡似乎傳來了憤怒的低沉咆哮，地面微微顫抖著。受到驚嚇的烏鴉們飛離了枝椏，狗兒們則彼此面面相覷，睜大了眼。

「那是什麼聲音？」黛西問。

過了一會兒，他們聽見了飽受驚慌的狗兒發出的嗥叫聲。

「往這邊走！」幸運大喊。他跟其他同伴急著在森林間逃竄，在樹與樹間迂迴前進，跨過落下的樹枝。他們在危險重重的森林裡嚇得到處奔逃。

一隻巨毛怪以牠的後腿站立，身上的棕色毛髮氣得發顫。牠仰起了頭，發出驚人的吼叫聲。銳利的牙齒間流淌著唾沫，牠憤怒地舞動著前爪。牠的頭擦過附近的枝椏，身體就跟樹幹一樣厚實。

幸運倒抽一口氣，身上的寒毛直豎。

瑟縮在巨毛怪腳底的是隻身材瘦弱的灰毛狗。他的尾巴被落下的樹幹壓住，想要掙脫開來，只得用力地拉扯他的尾巴。他的目光落在幸運和其他同伴身上，發出絕望的嗥叫聲。

「救我！我動彈不得！大咆哮發生後，我就一直被困在這裡。請你們救救我！我不斷呼喚我的狗幫前來救我，卻只有眼前這隻巨毛怪回應我的呼喊！」

野獸發出了憤怒的鼻息。用力將腳掌踩踏在地，朝一旁飽受驚嚇的狗兒走去。

幸運心跳加速。他不知道要如何打敗這頭野獸，卻又不能對眼前受困的狗兒見死不救。幸運跑到灰狗身旁，奮力朝巨毛怪吠叫，巨毛怪先是愣了一下，滿臉困惑地朝衆狗眨眨眼睛。

史奈普接獲幸運的提示，於是朝巨毛怪的方向衝去，用力對他一陣狂吠。野獸這時才回過神，伸出巨掌，朝幸運的方向一揮，幸運一個閃躲，倏地跳往一邊，巨毛怪的腳爪只劃過他身上的毛皮。

「離他遠一點，你這隻大怪物！」雷霆衝到幸運身旁大聲發出吼叫。巨毛怪長了滿頭粗毛的頭，氣得不停顫抖，突然扭動起來，發出令人震耳欲聾的怒吼。

黛西跟著發出吠叫，試著在一陣喧鬧聲中引起注意。「不是這樣！你們難道忘記當時艾爾帕派我跟其他三隻幼犬外出時，我們在白色山脊遭遇巨毛怪的事嗎？」

史奈普和雷霆轉身望著她，但是幸運卻無法將目光從野獸身上移開。巨毛怪巨大的頭顱轉個方向，牠的一對小眼睛泛紅。唾沫聚集在嘴角，鼻子因爲憤怒而皺縮。牠把注意力轉移到黛西身上。

「雷霆，你還記得當時的情況嗎？」黛西在一旁焦急地說。「你當時年紀還小。大牙不斷地朝巨毛怪吠叫，卻只是讓情況變得更糟！」

直到這時，幸運才記起當初在岩壁遭遇巨毛怪的事，他當時跟狼犬待在遠處觀看。黛西說得沒錯！他們應該想法子安撫巨毛怪的情緒，而不是激怒牠。

野獸從地面抬高牠的前爪，爪子在地上留下一道長長的痕跡。一雙泛紅的眼睛回頭望向幸運、雷霆以及受困的狗，再度發出駭人的咆哮聲。

「記得保持肅靜不動，」黛西提醒。「放低頸背的姿態、移開目光。牠會以爲你們在對牠挑釁。」

幸運照著黛西的指示去做，他彎下身，放低目光。史奈普和雷霆跟著依樣畫葫蘆。幸運迅速將目光瞥向那隻受困的狗。他依舊睜大了眼，望著眼前這一幕，只是不再發出吠叫。

「就是這樣，」黛西鼓勵道。「現在你們看起來不再帶有威脅。幸運，你跟史奈普能不能快點救出受困的狗？動作要快……」

巨毛怪的注意力受到黛西影響，暫時分了心，牠站在原地望著她，幸運跟史奈普趁機向後一退，奮力將受困的狗兒從樹幹底下挖出來。狗兒朝他倆發出感謝之意，順利將壓在樹幹底下的尾巴抽出。

「現在你們向後撤退，」黛西對大家說。「動作要慢。」

大家緩緩朝黛西的方向退去時，巨毛怪不再發出怒吼。幸運向後撤退時，目光依舊沒有從野獸的身上挪開。牠再度以後腿站立，朝眾狗做出張牙舞爪的動作。牠的嘴唇顫抖、嘴角流著唾沫。幸運全身瑟縮在一起，強迫自己不要逃跑。他跟其他狗兒躲藏在樹幹後面，目光依舊沒有離開過巨毛怪身上。

過了一會兒後，牠才將前腿重重放回地面，掉頭離開，彷彿無視於這群狗的存在。牠舉起腳爪，用力朝崩塌的樹幹一揮，樹幹立刻滾落到另一個方向。牠的嘴裡發出憤怒的吼叫，腳爪不斷朝一堆糾結的樹枝和樹木間揮舞。

「牠在做什麼？」雷霆小聲問。

幸運壓低了聲音說：「我認爲牠想要進到洞穴裡去。」

的確，巨毛怪奮力鑽進崩塌樹幹後方的大洞，消失在一片黑暗中。

幸運帶領狗兒離開洞口一段距離，以策安全。灰狗小心地移動，不時停下腳步，舔舔他的尾巴。等到大家離開一段安全的距離後，幸運趴倒在一株大樹下休息，其他狗兒則圍繞在他身邊。這棵樹不像其他的樹般光禿禿的，只是樹葉全都換成了無數的綠色針葉。

史奈普開始清理身上粗硬的毛髮。「果不其然，」她若有所思地說。「巨毛怪是在冰雪冬季陷入冬眠。我現在想起來了，牠們討厭冰天雪地的天氣。大咆哮肯定驚醒了牠，接著大樹在牠的洞穴前傾倒。而你也是惹惱牠的其中一個原因，」她對灰狗說。

狗兒渾身發顫。「我不是在求救，只是在呼喚我的狗幫，肯定是叫喚聲惹毛了巨毛怪。幸虧不僅是我的原因，」他挖苦地說道，接著他站起身，望著幸運和其他同伴。「你們救了我一命，我真不知道要如何感謝你們。」

幸運仔細地端詳眼前的灰毛狗。他雖然身材瘦弱，不過細瘦的四肢肌肉結實。「你是崔奇狗幫的成員嗎？」

「是的。我叫做耳語。你認識我們的艾爾帕？」

「他曾經是我們狗幫的一員，」史奈普回答。「他是我們的貝塔，幸運，這位是黛西跟雷霆。」

耳語驚訝地望著雷霆。「你就是那個雷霆？殺了無懼的狗兒？」

幸運立刻感到不安，他記得雷霆那天晚上十分殘暴。

雷霆抬起頭。「我也是打鬥中的一員，協助將他擊倒。很遺憾你們的艾爾帕最後命喪黃泉。我知道他是你們的艾爾帕，但他是隻壞心狗。」她的目光帶著不安地望向幸運。

他站起身，不知道是否應該替她說話。**萬一眼前這隻狗，對無懼比對崔奇**

還要忠心該如何是好？

令幸運吃驚的是，耳語竟然撲倒在雷霆的前腳，趴躺在地，接著翻過身去，四肢高舉在半空中。

「我們的新任艾爾帕，把你所做的事都告訴我們了。你把我們從無懼的暴政中解放出來！你拯救了我們的狗幫！我們此生都難以報答你的恩情。」

雷霆驚訝地望著他。「我不過是想要幫助我的朋友，」她喃喃說道。

耳語儘管翻過身來，卻仍帶著萬分敬意地低下頭。「你果然如崔奇所描述的那般忠誠、勇敢與謙遜。」

雷霆細窄的尾巴聽見這番話而搖晃了起來，她開心地喘了一口氣。幸運也同樣替她感到高興。**也許她不該以殘暴的手段殺死無懼，但是雷霆十分忠誠，如今她也該為自己的這番義舉而受到讚揚。**

幸運環顧四周，望向眼前這片樹林。「你的狗幫其他成員都到哪兒去了？」

「我不知道。大咆哮發生時，大家都爭相逃命去了。沒有任何同伴聽見我的呼救，他們肯定不在附近。」

「你的尾巴沒事吧？」黛西問完，朝他的尾巴一陣嗅聞。他的尾巴前端似乎有些彎折。

耳語向後張望。「我想我的尾巴應該是斷了，不過其實不太痛，最重要的是我還活著。見到巨毛怪當下，還以爲自己死定了。」

就在這時候，森林裡傳來了甜心的嗥叫聲，呼喚著崔奇。過了一會兒，狗兒們聽見了吠叫聲作爲回應。

「看來甜心找到了你的狗幫，」史奈普搖擺著尾巴說。

耳語迅速搖擺了他的尾巴，卻一陣抽搐。「唉呀。我雖然感到高興，不過搖擺尾巴時可得多當心點。」他開心地斜倚著頭說。

幸運向甜心和崔奇發出吠叫，帶領著狗幫的其他成員穿過樹林，直到他見到快腿犬纖細的身體出現在林間。月亮和她的小隊也已經抵達那裡，依序向崔奇的狗幫成員打招呼。幸運迅速地數了一下崔奇的狗幫成員數目：除了崔奇和他的黑狗貝塔小波和耳語外，另外加上其他五隻狗，幸運並不認識。

垂耳狗艾爾帕發出吠叫，搖擺著他的尾巴，與老朋友友善地舔著對方。「幸運！你也在這裡！」儘管只剩三條腿，崔奇仍動作敏捷地朝幸運的方向衝去。他的狗幫成員也都帶著敬意跟進，很高興見到耳語出現在荒野狗幫的成員中。幸運向崔奇打過招呼後，立刻奔往甜心身邊，嗅聞著她身上帶給他的溫暖氣味。即使只分開一小段時間，他發現自己挺想念她的。

「沒想到會在這片樹林裡見到你們，」崔奇開口說。「希望你們會待上一段時間。歡迎你們造訪這裡。」他的望向荒野狗幫的成員。「但是……等等，春天上哪兒去了？」他一臉狐疑地轉身望向幸運和甜心。「我的妹妹呢？」

第十六章

太陽之犬的光芒在枝椏間閃爍，幸運、甜心和崔奇登上一株巨大、表面光滑的傾倒樹幹。四周傳來昆蟲的微弱叫聲，以及風吹過折斷枝椏間發出的沙沙聲。結了一層霜的樹枝閃耀著雪白的光芒。兩個狗幫相隔了一趟獵兔的距離，一起分享大咆哮發生前，崔奇的狩獵小隊埋進土裡的獵物。**這個想法真是聰明，**幸運心想。**我們也該學習這點——未雨綢繆，將多餘的食物貯存起來。**

甜心離開狗幫走向陷入沉思的崔奇身邊。「你們真是慷慨，願意跟我們分享食物。」

崔奇動了動塌扁的耳朵。「那有什麼問題，我隨時歡迎你們。多虧了黛西的機智救了耳語一命，再加上好運。」

甜心突然發出嗚咽聲。「很遺憾，我必須告訴你一件關於春天的壞消息。」

崔奇一臉悲傷地低下頭去，陷入沉默良久。兩個狗幫成員享用完食物後，在樹林間嬉戲時，相繼發出吠叫。

「我跟春天並不十分熟稔，」幸運坦承。「但是她向來是隻忠誠且善良的狗，總是把狗幫的利益放在最前面。她從不逃避責任，挺身幫助弱小，保護其他同伴。直到生命消逝那一刻，她都表現得相當勇敢。」

崔奇發出長長的一聲哀號。「自從離開荒野狗幫後，我跟妹妹間就隔著一段距離。我並不認為她會原諒我。我很高興她在荒野狗幫過得很快樂。」他的鬍鬚震顫了一下，望向森林中的其他同伴。「我有自己的狗幫要照顧。我從沒想過會有這麼一天，但是我絕對不會遺棄他們。加上返回狼犬狗幫的機會似乎非常渺茫。他將我視為叛逃者——絕對不會再接納我。」崔奇甩動身上的毛髮，四下張望。他抬高頭，望向甜心。「他發生了什麼事？難道連他也喪命了？」

「他還活著，」她口氣冷冷地說道。「我們與猛犬狗幫發生打鬥時，他消失無蹤。後來卻發現，他選擇投靠刀鋒的狗幫……成為她的歐米茄。」

崔奇瞪大了眼睛，不可置信地望著快腿犬。

「他認爲自己站在勝利的一方，」她繼續說明。幸運發現她想要就事論事，但是他卻聽出她的聲音中透露著憤怒。「刀鋒滿腦子奇奇怪怪的想法，巴不得世界末日發生。」

幸運望著緊蹙眉頭的崔奇，他微微掀起耳朵。看著狗幫的老成員正跟狼犬的前任貝塔平起平坐地交談，實在是難以想像，崔奇曾經也是巡邏隊的成員，只因爲身受重傷就被狼犬遺棄。

在狼犬嚴密的階級制度中，不適任者立刻就會被淘汰。這種事絕對不會在甜心的狗幫發生。

幸運帶著敬意低下他的頭。兩個狗幫的領袖竟能夠在心平氣和的狀態下交談實在不容易。這種事絕對不會發生在狼犬身上。幸運幾乎壓抑不住內心的憤怒。那個**叛徒**……他們的前任艾爾帕錯不該放棄崔奇。**艾爾帕對很多事情的看法都不正確。**

甜心向崔奇娓娓道出刀鋒的夢境預言，大牙慘遭殺害，以及她想對雷霆趕盡殺絕的事都說了出來。最後得出不得不跟猛犬狗幫面對面把事情做個了斷的結論，以及懷恩離開荒野狗幫的決定。

崔奇抬起頭。「你們打算正面迎戰刀鋒？」

「我們知道這麼做不容易，」甜心回應。「但是這件事必須徹底解決。」她平靜地望著崔奇。「這是我們決定找你們加入的原因。」

幸運看著崔奇將望向甜心。此刻所做的決定將影響狗幫的命運。幸運渾身肌肉緊繃，不安地舔舔嘴唇。

甜心繼續說，「我們的狗幫如果能有生力軍加入，才會有機會打敗猛犬狗幫。我們或許沒有他們強壯，但是如果兩個狗幫共同對抗他們，也許會有勝算。我們擁有幾個優秀的鬥士，而且還有個出奇制勝的計畫。」

幸運屏住呼吸。如果崔奇現在不贊同荒野狗幫的計畫，他們將寡不敵眾。他渾身發顫。**只要猛犬狗幫存在，我們還能夠保護雷霆多久？**

「很抱歉，甜心，」崔奇的聲音沉靜卻充滿決心。「雖然我很想幫忙，但是我現在是狗幫的艾爾帕。我從未想過自己會坐上這個位置，這個位置並不是我自己選擇的。但是身為他們的艾爾帕，我不能輕易地帶他們身陷險境。他們當初在無懼的帶領下深受折磨。自從他死後，我們才得以過著平靜的生活，狗兒們才有時間得以療傷復元。其中一些成員仍逃不出無懼的殘暴手段所留下的陰影，至今仍不容易獲得安全感。我無權要求他們加入戰局——這也不是我們應該參與的戰役。」

幸運的心一沉。「難道不能給他們機會選擇？想要一起保衛雷霆的狗兒可以加入戰鬥的行列，不願意加入的狗兒則可以安然地待在森林裡。」

崔奇瞅了幸運一眼。「你顯然對我的狗幫並不瞭解。」

「這話怎麼說？」

崔奇跳下樹幹，在林間穿梭。「你過來瞧瞧。」

幸運和甜心跟在後頭跳下樹幹，三隻狗一塊兒前往狗幫活動的地方。荒野狗幫的成員們見到自己的艾爾帕和貝塔時，不疾不徐、一臉自在的模樣。崔奇的狗幫則是立刻提高警覺，他們壓低身體，臣服地低下頭，環繞在崔奇身邊，等候指示。

他抬高了頭說。「你們趴躺在地，腹部朝上！」

令幸運驚訝的是，七隻狗兒立刻趴躺在地，露出他們的腹部。荒野狗幫的成員們見到眼前這一幕，彼此面面相覷。

「站起身，」崔奇一聲令下，他的狗幫成員們立刻照辦。他轉身對甜心說。「我的狗幫成員們，從不懷疑指令。」

幸運伸出舌頭，舔舔鼻子。他不禁想起無懼——那隻瘋狂艾爾帕總是淩虐自己的狗幫成員，強迫他們在他面前表現出臣服的態度。這些遭受凌虐與飽受驚嚇的狗兒們，未經他的允許連大氣都不敢喘一下。崔奇說的對——他們一點都不敢質疑上頭的命令。

崔奇一臉歉意，眨眨眼望向甜心。「如果只需要我的協助，我十分樂意幫忙，但是現在我得替整個狗幫成員的安危著想。如果我要求他們加入戰局，他們肯定不會反對——甚至願意犧牲一己的生命。但是我並不認爲應該這樣對待他們，這對他們來說並不公平。」

幸運的聲音中帶著哽咽地說。「但是你聽見甜心說的，只要雷霆一天不死，刀鋒絕對不會放過她。」

雷霆的棕色腳掌重重踩踏在地。「不，崔奇說的對。這不是他們應該加入的戰爭，幸運。我不認爲其他同伴應該爲了我冒著生命危險。」

「眞是抱歉，」崔奇開口說。「如果我能夠幫得上忙，我肯定義不容辭。但是我的狗幫已經受了夠多的折磨。」

這時，幾隻狗開始交頭接耳，幸運想要告訴雷霆，縱使崔奇堅持不幫忙，他們仍有機會打敗刀鋒。

喧鬧聲中，一個堅定的聲音開口說話。「艾爾帕……如果我們自願加入這場戰爭呢？」

大家陷入緘默，耳語不安地步向崔奇。「儘管你有權替我們做決定，而且你的任何決定我們都願意服從，但我認爲既然雷霆將我們從無懼的暴政中解救出來，加上今天她也幫助我逃過巨毛怪的攻擊。」他趁機瞥了小猛犬一眼。「她不僅充滿勇氣且善良。現在她有困難，我**願意**加入保護她的戰局。」

幸運的心中燃起了希望。就在他轉身望向崔奇，想要看看狗幫的領袖有何想法時，他卻聽見耳邊傳來踩踏落葉的聲響，一隻身材嬌小，毛髮堅硬的黑狗步上前，走到耳語的身邊停下來。幸運認出這隻黑狗是小波。

「怎麼回事，貝塔？」崔奇問。

只見小波低下了頭。「我也願意加入保衛雷霆的戰局，如果您不反對的話，艾爾帕。無懼毀了我們的生活。多虧這隻小猛犬，我們才得以擺脫他的迫害。」

這群森林之犬七嘴八舌、紛紛表示贊同。一隻淺黃毛色的小狗發出吠叫，用力搖擺著她的尾巴，兩隻眼睛炯炯有神。「我們向來聽命艾爾帕下達的命令，但是我同意小波的看法。我想要幫助雷霆。」

「謝謝你發表這番談話，雀絲。」崔奇望向甜心與幸運後，轉過身去對狗幫成員說話。「在我看來，你們當中有幾個想對雷霆表達心中的感謝之意。雷克、伍迪、微風？歐米茄？你們怎麼想？」

在他發問時，剩餘的四名成員一個接一個步上前去，站直身子、屏氣凝神。

「我們將追隨你的領導，艾爾帕，」其中一隻身材瘦削、毛髮堅挺的公狗，鼻子上頭布滿一道道長長的白色傷疤，他開口說。「但我們也做好了應戰的準備。我們永遠也無法償還雷霆跟其他狗兒對我們的幫助。」站在他身邊的棕色大公狗點頭表示贊同。

「是啊，」體格嬌小的黑色母狗歐米茄搭腔，她的聲音跟老鼠一樣細小。「能夠替打敗無懼的狗兒奮戰，是件光榮的事。」最後一隻體格嬌小的棕色母狗，有著一對大耳朵和短毛，與幸運目光相接良久後，帶著敬重之意，低下她的頭。

「謝謝你，微風。很好。我不會要求你替其他狗幫打任何戰役，但是如果你自願加入，那麼我們應該一塊兒加入荒野狗幫對抗猛犬狗幫的戰局。」他望向甜心與幸運，他倆心懷感激地搖擺著尾巴。接著，他轉過身去對狗幫成員發表談話，他提高音量、抬起頭，向眾狗宣告。「我們絕對不會拋下同伴，讓他們獨自對抗猛犬狗幫。我們將與甜心所帶領的狗幫一同應戰，為了狗幫其他成員的福祉，保衛雷霆的安危。」

狗幫的成員們聽完這番話後發出嗥叫表示贊同。雷霆轉過身去，兩眼濕潤地望著瑪莎。黑色大狗舔舔她的鼻子，對她喃喃說著話，因為距離的關係，幸運聽不見談話內容。他嘆了一口氣，感覺鬆了一口氣，兩個狗幫的成員們莫不興奮地發出吠叫，跳往空中。陽光拼命繞著圈圈打轉。黛西則是衝到耳語身旁，用自己的鼻子蹭了蹭對方，短尾巴用力搖擺著。

太陽之犬沉落到樹叢間後，狗幫的眾成員紛紛簇擁在岩脈底部的濃密矮樹叢間。他們打算躲藏在岩壁後方，準備突襲猛犬狗幫。史奈普和月亮則翻過岩石，想要尋覓一處絕佳的攻擊發動地點，並和崔奇的狗幫成員商討對策。

甜心、幸運和貝拉加入崔奇和小波的行列，待在一株長滿青苔的樹下討論下一步行動。

「我們得派誰前去挑釁刀鋒和雷霆進行一場一對一的挑戰，」甜心說。

「必須是我們的狗幫成員，」貝拉提醒。「刀鋒絕對不會想到，我們將崔奇的狗幫納入我們的陣容。」

「你確定她會願意前來應戰？」崔奇問。

幸運的聲音透露著擔心。「刀鋒肯定會來。她巴不得親自解決雷霆的性命。」

雷霆無意間聽見刀鋒的名字而步上前來。「你們難道不認為，應該由我親自出馬才對？找其他同伴向她提出與我對戰的提議，不是很奇怪嗎？」

「不行！」幸運、甜心和崔奇異口同聲地說。

甜心厲聲說道。「就算我們全都一塊去找猛犬狗幫，你也不能出現在其中。刀鋒可能決定當場對你發動攻擊，這麼一來將會破壞我們的計畫。我們必須把她引誘到懸崖處，才能出奇不意地對她的狗幫發動突襲。」

雷霆點點頭，看起來仍是一副有話想說的模樣。

幸運迅速搭腔。「我可以負責帶口信給刀鋒。我曾前往刀鋒的營地，我不認為她聽完我的口信後會當場殺了我。她心裡眞正想做的是解決雷霆的性命。」

崔奇一臉懷疑地說。「萬一你打錯算盤呢？猛犬狗幫若眞如你所說的喜歡趁人之危，他們大可拒絕你的提議，只把矛頭指向你。他們清楚地知道，你總是夾在他們跟雷霆之間，也許想要利用這大好機會趁機解決掉你。」

「我雖然沒辦法拿下刀鋒的狗幫，但是我可以展現我的脫逃術。」幸運伸出舌頭舔舔嘴唇。「我會站在至高處免得他們向我攻擊。要是出了什麼岔子，我便可以拔腿狂奔，把他們引到這兒來。」幸運納悶自己哪來的決心敢跟刀鋒面對面。**難道這是艾菲在我的夢中所說的「責任」**？

甜心的表情緊繃。「我不喜歡這個點子。我不認爲讓幸運獨自前往猛犬狗幫的巢穴可行。但是我對貝塔能夠從任何險境中脫逃的能力有信心。我知道他會是傳遞口信的絕佳人選。」

幸運感激地朝甜心眨眨眼。**最糟的是我得離開甜心身邊，就連一個晚上都令人難以忍受**。他不願多想，也許他與甜心將分開不只一個晚上——或是他再也沒有機會回來。

他朝裸露的枝椏方向望去。黑色的烏鴉在森林間發出詭異的啼叫聲。太陽之犬的尾巴呈現粉紅與金黃色調，掃過枝椏間。不久，天就要黑了。

幸運站起身。「我現在得動身了。我可以在途中睡一會兒。這麼一來，明天天一亮我就會抵達猛犬狗幫的巢穴，我得抓緊他們剛睡醒，沒想到我會出現並對我發動攻擊的機會。」

「他們從未停止找機會攻擊對方，」雷霆態度悠然地說著。

「天亮之後，猛犬們已獲得足夠的休息，而且向擾了他們清夢的對象出氣，」貝拉抬起頭補充道。「我應該跟你一道去。」

幸運轉過身面對她。他也希望能有夥伴一道同行，但是他知道這不是個好主意。「他們肯定會懷疑，我不是單槍匹馬前往，這麼一來很難說服刀鋒獨自前來應戰。我知道她應該不會眞的獨自前往，不過只有與雷霆對戰這個原因足以引誘她步出巢穴。要是我們一道前往，她肯定會害怕我們攻擊她。」他甩甩頭，再次想到艾菲。「我得獨自前往才行。」

他向狗幫同伴道別後，舔了舔甜心的鼻子。

「當心，」她喃喃說道，就像上回他倆在懸崖邊緣的營地道別時那樣。

「我很快就會再與你見面，」幸運向她保證。他迅速擺動了一下尾巴，但是在信心滿滿的面容下，他的內心充滿懷疑。即使他步步爲營——與猛犬狗幫的巢穴保持一定的距離，見機行事——他們肯定會再次抓到他。幸運試著拋開這些想法，在濃密的林間穿梭，沿著河岸邊的小徑前進。

他把整個計畫在腦中想了一遍。他見過刀鋒雙眼透露的決心——誓言要殺了雷霆。**她肯定會跟著我**，落入我們設下的陷阱，他告訴自己。

她的手下早就已經查探過我們的營地——她知道我們已經離開，因此她絕對不想錯失逮到大咆哮後出生的最後一隻小猛犬的機會。

一想到這裡，他的心裡便感覺安慰些，並加緊腳步前進。當他沿著結冰的河岸邊前進時，內心仍不免感到一陣恐懼。猛犬狗幫向來凶猛且組織嚴謹。就算有了崔奇的狗幫協助，荒野狗幫當真有機會擊敗他們嗎？

第十七章

太陽之犬離開視線後，結冰的河面映照著最後一抹餘暉。幸運不禁納悶神靈之犬越過地平線後，將會落向何處。那地方是否總是安全且溫暖？森林之犬和河水之犬是否曾造訪過他？

微風拂過湖面，就算它發出怒吼，也融化不了冰層。森林陷入一片漆黑後，幸運的尾巴蜷縮在身體的一側。越過大片的岩壁後，幸運就幾乎見不到任何樹木的影子，但是他知道那地方正是猛犬狗幫的巢穴。他站直身體，豎起耳朵。冰雪冬季入夜後的森林顯得格外安靜。春暖花開的時節，就連在夜裡都能聽見鳥兒啁啾的聲音，還有樹葉的沙沙聲以及昆蟲的叫聲。冰雪冬季顯得安靜許多。

一個孤單的季節。

至少，月亮之犬露了臉。祂似乎從雲層後方探出頭來帶領著他。空氣清澈，卻冷得刺骨。**我應該找地方歇息——如果我要逃過猛犬狗幫的追捕，那麼我得保留一點力氣**。來到岩壁盡頭後，他四處嗅聞，尋找一個暫時的棲息地，但是他卻停下腳步。**現在停止趕路是否安全**？

夜裡冷得令幸運直打哆嗦，他看見自己呼出的白煙。空氣聞起來十分怪異。幸運吐出舌頭，又迅速縮了回去，他發現自己以前曾經嗅聞過同樣怪異的味道。

天空將要降下白雪。

當初居住在城市裡時，他曾見過一、兩次雪。皚皚白雪照亮了樹木和屋舍。白雪對他來說一點都不構成威脅。接著，他想起了在食屋外乞食的獨行犬雪貂牙——他在寒冷冬季的夜裡，在公園裡蜷縮著身子睡覺，卻再也沒有醒來。幸運繼續踽踽獨行。

我曾經跟雪貂牙一樣也是隻獨行犬。

幸運納悶自己怎會在這時候回想起這些事，他對於大咆哮發生前的城市只剩下模糊的記憶。食屋、購物商城以及長爪們居住過的房子。當時，他對自己的獨立生活十分樂在其中，從沒想過會加入狗幫。**我一點都不需要擔心其他狗**

的死活，他想起這些過往，腳底在濕滑的石頭上打滑，幸好及時保持平衡。**我全然不受拘束，睡到自然醒，肚子餓了再去找些吃的……**

這些念頭在幸運內心打轉時，他頭一回質疑這一切是否眞的發生過。**食屋對他來說唯一的存在價值，只有當長爪們身在其中。其中有些人一腳把他踢開，態度友善的人則會分些食物給他吃。一天結束後，最令人振奮的事莫過於前往塞滿長爪們丟棄食物的臭味桶找些吃的。**

幸運突然垂下尾巴，因爲他想到自己從來就不是眞的自給自足——他總是依賴長爪們過活。**我以為自己並未受到長爪們的牽絆，但是我卻仰仗他們施捨給我的食物求溫飽，依賴他們的高聳建築提供我遮風避雨的地方。我甚至毋須前往森林覓食。**幸運駐足原地，緊蹙眉頭，前爪小心翼翼地踩踏在堅硬地面。**我的生活跟栓鍊犬簡直沒兩樣？我跟麥基和陽光一樣離不開長爪，還自以為比他們好很多，獨立不受牽絆。**

明白這點後，他不禁羞愧地低下頭去。**甜心當時肯定覺得我很蠢，拒絕離開城市。直到現在，身為一隻狗幫的狗，我才真正享有自在無拘束的生活。**

雲層散去，天空漆黑一片，滿布星星。幸運的背脊一陣發涼。河岸邊那些結了霜的雜草閃閃發亮，他感覺到寒意從他的腳底竄上來，還聞到寬闊湖水傳來的第一股氣味。不久，他將越過水面上的長長木棧道，前往救援小隊爲了躲避猛犬時待過的狹小屋舍。

大牙曾經幫我們向刀鋒回報沒見到我們的事，他想起幼犬內心不禁一陣難過。可憐的蠢大牙——效忠錯了對象。

幸運想起了自己的狗幫。美麗的甜心不僅是他的伴侶也是艾爾帕，還有善良的瑪莎、忠心的麥基和其他夥伴。想到此刻他們正待在懸崖另一頭，彼此簇擁在一塊安全無虞，內心感到安慰不少。不論他們身處何方，他都想要跟大家相守在一起，任何一個棲身之地也比不上讓他擁有歸屬感的地方。

他的腿開始累得發疼，思緒變得灰暗，腳底踩踏著結霜的地面。**我必須睡個覺，但是在這樣寒冷的氣候下，我不敢停下腳步——除非我找到一處合適的休息地點**。他想起刀鋒以及她率領的殘酷狗幫。在他疲憊不堪時接近他們是件很危險的事。他必須保持思路清楚，也得替自己的腳程是否能耐得住負荷著想。萬一他們要是追上來的話？**他們肯定會將我碎屍萬段！**

他想到他們的大尖牙，不免責怪起自己，於是奮力加緊腳步。入夜後，心裡老想著這些事對他一點好處也沒有。「日有所思，夜有所夢，」幸運的母親曾告誡過他這一點。他試著想些正面的事，諸如獵殺一隻兔子後，嘴裡嚐到鮮美兔肉的滋味。但是這麼做一點幫助也沒有——他不斷想到猛犬狗幫。最終，這場大戰還是要發生。他已經夢見過這場戰役無數回。大雪降下之際，也就是戰爭開打之日——他根本沒有辦法終止這場戰役。

不，他對自己說。**事情不會真如我所預見的那般發生。我們想出了辦法——加上崔奇率領的狗幫。**

這場突襲是否能夠成功？他試著不去想像猛犬狗幫的成員對他的同伴們所做的傷害，將他們壓制在地、對他們加以蹂躪。但是他愈是想要拋開這些念頭，畫面更加在腦海盤旋。他甚至嗅聞到寒冷的空氣中透出的血腥味。

等到他抵達長爪們居住的小鎮外圍，幸運開始感覺腳步沉重、冷風刺骨。四周一片寂靜、杳無人跡，高聳、頹圮的建築以怪異的角度傾斜著。尋常景物在月亮之犬蒼白的光芒映照下帶著詭異的氣氛。碎裂一地的透明石宛如死氣沉沉的尖牙般閃著光芒。崩塌的樹幹像隻準備隨時往前猛撲的怪物。

幸運戒慎恐懼地踩踏在殘破的大街上，腳底在結冰的地面打滑。他潛行經過第二次大咆哮摧殘的廢墟，沿著一條通往公園、有著尖刺圍欄的小徑前進。有些鐵欄杆已經彎折，堆放在一旁，他跨過欄杆，落在一處雜草叢生的地方。

幸運的思緒又回到刀鋒以及她的預言。

她殘殺了自己的幼犬。這個念頭一直在他的腦海揮之不去。身爲一隻狗母親竟然可以因爲夢境中的預言，就算要殘殺無數的狗兒也在所不惜。**她十分確信地犬大發雷霆，而且堅信近期發生的大咆哮象徵有大事發生。**

除了自身的夢境，幸運一想到刀鋒爲了自己的信念所做出的舉動就感到一陣恐懼。

萬一她向地犬獻上祭品的說法是正確的呢？要是她夢裡那些雷霆的事也是真的呢？

他抬起頭望向漆黑一片的夜空，內心惶惑不安。雷霆尚未眞正成年。她並不會帶來任何傷害。

不會帶來任何傷害……

霎時，他的眼前出現無懼沾滿鮮血的臉龐，被撕扯開的下顎骨像是獵物的殘骸般掉落到地面。幸運記得那對攝人的黃色眼睛，以及那隻瘋狗喉嚨發出的駭人呼嚕聲。他的腦中出現雷霆臉上帶著勝利的笑容，舔去無懼沾染在鬍鬚上的血漬畫面。

幸運嘆口氣，覺得自己待在一片熠熠星光下顯得格外渺小。神靈之犬是否當眞會在混亂的世局中關心他，或是雷霆以及其他同伴的命運？

他下意識仰起頭，發出嗥叫。「噢，神靈之犬，我們將何去何從？刀鋒的預言是否成真——最後一場大咆哮將終止一切噩運發生？天空當真會降下一場大雪？我該如何保護狗幫的安危？」

萬一引誘猛犬狗幫前去尋找甜心和其他荒野狗幫的成員是致命的錯誤？我們最後仍不敵對方的攻擊？此生終究得浪跡天涯地四處逃命？

幸運無法從神靈之犬的身上得到任何安慰，不由得發出哀嘆，背脊一陣發涼。

或許，祂們放棄了我。刀鋒似乎知道這是怎麼一回事——祂們是否轉而庇佑她？

幸運環顧四周，內心恐懼不安。他的鼻腔嗅聞不到任何氣味——沒有兔子、也不見任何長爪的蹤影，就連落單的鳥兒身影也看不見。難道是城裡的高聳建築阻擋了風的去路，四周一片寂靜無聲、頹圮，幸運突然感覺自己像被整個世界遺棄。

他望向雜草叢生的公園。祂們肯定棲息在樹上——他在城裡見到的第一個神靈肯定依舊直挺挺地站在原地。

即使是大咆哮發生後，森林之犬也許仍在附近徘徊？這個想法不禁令他感到安慰些，他突然出現想要找個避難所的衝動。**森林之犬肯定會庇佑我，保護我免受寒冷**。

幸運內心的恐懼感稍微止息，他越過公園，穿過破損的欄杆來到街道，沿著硬石子路面來到長爪的房子，破損的大門就懸掛在門邊。他從破門溜進屋子裡。

幸運偷偷鑽進漆黑一片的走廊。長爪的氣味隱約存在但並不明顯——第一次大咆哮發生後，他們肯定不再回到這裡來，這附近似乎都嗅聞不到他們的氣味。他找到一片老舊的柔軟毛皮，將它靠在牆上，空氣中揚起的灰塵令他打了個噴嚏。至少，毛皮很溫暖，建築物的厚重牆壁也能替他抵擋寒風。

幸運不希望自己又出現依賴長爪過活的想法——利用他們的柔軟毛皮躲在溫暖的窩巢——但是他就是克制不住這麼想。他低下頭埋進被褥中發出長嘆，不久便進入夢鄉。

幸運睜開雙眼，望向刺眼的陽光。太陽之犬橫跨在寬闊湖水之上，湖水發出藍色的粼粼波光宛如天犬。他站在懸崖的至高處，聽見海浪一波波舔舐著沙灘發出微弱的嘆息。他伸展四肢打了個哈欠，趴躺在地。太陽之犬的和煦光芒搔著他的肚子。他從眼尾餘光見到了一隻兔子從洞裡跳出，在草地間跳耀著。這隻獵物停下腳步，舔舔牠的前爪，幸運慵懶地望著牠。他並未上前追逐這隻野兔。他的肚子還不怎麼餓，狗幫的同伴早上捕捉到不少獵物足夠大家分食享用。

幸運心不在焉地朝一隻猛撲向他鼻子上方的蒼蠅揮了揮爪子。鳥兒們在附近的枝頭上啁啾著，在山谷間搜尋著小蟲的身影。此刻的草地間綻放著野花，許多蝴蝶在其中飛舞。幸運的內心不禁感到十分滿足。

他聽見耳邊傳來幾聲高聲吠叫，於是站直身子。是幼犬們發出的叫聲！幸運穿過雜草，朝池塘周圍的樹群方向奔去。他看見了四隻幼犬正坐在扁平的大石頭上，專注地抬起頭來。

幸運被他們毛茸茸的細長身體吸引住目光，大大的頭顱，十分柔軟，還生了一對垂耳朵。他們全都有著細窄的鼻子、深棕色的眼眸，但是其中兩隻幼犬的毛髮是淺褐色，另一隻則是深棕色，而最後一隻幼犬的毛色則跟他的眼眸一樣深。

不遠處一道黑影逐漸接近。幸運的心幾乎涼了半截，差一點喘不過氣。是猛犬！

她的四肢強健有力、光滑毛皮下的肌肉結實。她留意到幸運的存在，向他搖擺著尾巴示意。這隻猛犬並沒有致命的攻擊性——她是雷霆，如今已經長大成熟！

「發生了什麼事？」長著一身蓬鬆的淺褐色毛髮幼犬問。

「是啊，雷霆，發生了什麼事？」另一隻幼犬問道。

雷霆用力睜大了眼睛說。「地面開始用力晃動起來，樹木開始跟著搖晃，然後傾倒在地面！狗兒們面面相覷，以爲是世界末日到來。」

「眞的是世界末日嗎？」深棕色毛髮幼犬發出細小的聲音問。她跟快腿犬一樣身材纖細，但是身上的毛髮較長且蓬鬆。

「當然不是，」一身淺褐色毛髮的幼犬回應，她自顧自地抬起頭來，模樣不禁令幸運想到貝拉小時候。「要是眞有世界末日發生，雷霆怎麼會在這裡講故事給我們聽！」

「我差點活不到現在，」猛犬一臉嚴肅說。「大地一片搖晃，寬闊湖水波濤洶湧、懸崖崩塌、天空一片黑暗。」

「就連地犬也無法撼動整個世界！」第四隻小幼犬倒抽一口氣，不可置信地抬起她的棕色頭顱。

「她辦得到，」雷霆說。「我知道——因爲我當時在場！就在雷霆之犬間的大戰發生前。」

幼犬們肯定聽過雷霆之犬的事，因爲他們一聽見這個字眼就彼此眨著眼睛，轉過身去問猛犬。「發生了什麼事？」他們異口同聲地問。

「這場戰役十分駭人！」雷霆對幼犬說，原本低垂的耳朵突然豎起。「每隻狗皆奮戰至死。狗幫之間彼此激戰，耳邊聽見的全是狗吠聲與嗥叫。並不是每隻狗都能戰勝至最後一刻……」雷霆的聲音逐漸變得輕柔。

「這些狗爲什麼要發動戰爭？」深棕色的小幼犬問。

「這全都因爲一隻名叫做刀鋒的瘋狗所致——她認爲如果不發動這場戰爭，將會面臨世界末日。她認爲地犬因爲生氣所以發狂，如果她不息怒的話，情況將一發不可收拾。我自己是認爲刀鋒有意發動這場大戰——不論戰爭發生的原因爲何。」

幼犬們聽到這裡渾身顫抖，彼此緊貼在一塊兒。

「你們的父親和母親十分英勇，要不是因爲他們，我們也沒法打敗他們。」

幼犬們發出吠叫，轉過身去，帶著欽佩的眼神望向幸運。

「你眞的打敗了那隻壞狗嗎，爸爸？」身材纖細的深棕色幼犬說。

「你們的父親在這場戰役中佔有不可或缺的角色，」雷霆說。

「怎麼說？」毛髮蓬亂的幼犬問。

「他殺死了那個大壞蛋？」淺褐色短毛幼犬說。

雷霆望著幸運，眼睛閃爍著光芒，令人猜不透。接著，她轉過身去對幼犬說。「你們的父親跟神靈之犬總是心有靈犀，祂們能夠傳遞訊息給他，在適當的時機告訴他該怎麼做。」

幼犬們紛紛撇過頭去望向幸運，他突然知道該替幼犬起什麼名字。

森林、天空、小河和大地……

淺褐色短毛犬天空猛撲向前，開心喊道。「我們的爸爸是個英雄！」其他幼犬緊跟在她身後。他們簇擁在幸運身邊，大家互相舔舐，彼此開心叫嚷著。幸運被埋進幼犬們溫暖、香甜的身體底下。

幸運眨眨睡眼惺忪的雙眼，大地將逐漸甦醒。他穿過長爪們安靜的屋舍，內心感覺一陣平靜。並非所有的夢境皆充滿了陰暗面……他預見了未來，狗幫生活在一片祥和中，毋須防備猛犬狗幫帶來的威脅。雷霆過得很快樂、甜心生了一窩漂亮的小傢伙。

我們的孩子。

幸運的內心不禁對神靈之犬懷抱著感激，祂們在幸運最無助的時刻造訪他、帶給他希望。

他朝刀鋒的營地前去、步履輕快。他在夢境中見到了駭人的未來，但是同樣也預見未來的生活充滿了喜樂和平靜。他的孩子們未來將在太陽之犬和煦的陽光下，過著無拘無束的自由生活，這些將帶給他迎向黑暗挑戰的勇氣。他願意奮戰到最後，讓夢境成眞。

第十八章

微弱的光線投射在寬闊湖水之上時，幸運正走在頹圮的街道，前往小鎮的外圍。裂開的硬石子路面向沙地延伸而去，逐漸朝水岸邊傾斜。一堆殘骸在白色的浪頭上跳動著。幸運看見其中有籠車的輪子、臭味桶，還有一塊像是被扔進浪花裡的破布。白色的水鳥在頭頂盤旋，叫聲宛如發怒的利爪。好歹，這是個充滿生命的跡象。儘管覺得孤單無依，但是幸運提醒自己並非孤獨的存在。

一陣熟悉的味道傳來後，他的內心一驚，渾身發冷。**猛犬**！看來，他**根本**不是獨自一個。

他退回街道邊緣，蜷縮身子緊貼牆面，看見三隻攻擊犬正走往寬闊湖水高起的岸邊。他們自信滿滿地用力踩踏在岸邊，將沙子踢飛。幸運納悶刀鋒是否牽領狗幫返回小鎮，不過仔細嗅聞後，才發現應該不是。**不過是巡邏犬在附近偵查。他們肯定時常保持警戒……查看甜心帶領狗幫前往何處——刀鋒一心只想知道雷霆的下落。**

他望著攻擊犬沿著水岸邊回返，朝懸崖方向離去。正如幸運所盤算的一樣——他們應該全數返回漆黑的岩石巢穴，與荒野狗幫的巢穴位置相距不遠。**他們肯定發現我們早已離開**。這點想必惹毛了刀鋒。幸運清楚地知道猛犬狗幫的領袖，絕對不會輕易地讓雷霆逃出她的掌心。她的手下肯定早就沿著殘破的大街與每個荒蕪的山谷搜尋小猛犬的蹤影。幸運一想到荒野狗幫的成員躲藏在上游，就不由得渾身發顫。

呃，他們並沒有搜尋太久，幸運心想。他重振精神、站起身。避開巡邏隊，穿過小街道，登上湖岸邊更遠處。他沿著懸崖的岩石小徑前進，小心避開鬆動的岩石區塊。他的腳底在結凍的濕滑地面打滑，他讓自己緩下腳步。稍一失足，他或許就會向後一仰，摔落在岩石堆上粉身碎骨。這件事不只關乎他自己，狗幫的命運完全掌握在幸運手裡。

等到他抵達猛犬狗幫位於洞穴的大本營時，太陽之犬已經升到懸崖上。光線晦暗，層層白雲遮掩了部分光芒。幸運壓低身子潛行，藏匿在大石頭後方與對方的巢穴隔著一段追逐獵兔的距離。從這個距離來看，猛犬狗幫的巢穴絲毫沒有受到大咆哮影響。幸運不免感到有些失望。要是刀鋒受了傷或甚至因此喪命……不，一切仍必須按照計畫行事。

他深吸一口氣，記起夢境帶給他的暖意與安全感，於是停下腳步，希望夢境殘留的溫暖能夠撫慰他的心、帶給他勇氣，張嘴喊出刀鋒的名字。

耳邊傳來了鳥兒不安的叫聲，刀鋒的巢穴卻不見任何一隻狗的蹤影。幸運抬起頭、豎起耳朵。他似乎聽見吠叫聲？他再次叫嚷道，這回放大了音量。

「刀鋒！」

這次幸運清楚聽見洞穴內傳來吠叫聲。連串的腳步聲後，幾隻猛犬衝了出來，刀鋒領在隊伍前方。她見到幸運高高盤踞在岩石上方直盯著她瞧。見到他直挺挺地站在原地，就連刀鋒也不禁瞠目結舌，她咬牙切齒，發出憤怒的咆哮。

「混街頭的傢伙！你難道忘記上次造訪這裡得到的教訓嗎？」

幸運原以為自己見到刀鋒露出尖牙時會嚇得發抖，但是他的心裡仍舊留著夢境帶給他的溫暖。**刀鋒不過是個暴君與霸主。她利用威權統治她的狗幫，一點都不尊重忠誠與榮耀。瞧瞧大牙的下場……**幸運想要拋開那隻滿身鮮血的狗兒留在腦海裡的畫面。**刀鋒已經統治夠久了，他的內心氣憤難耐，但是她注定被對手擊敗**。這個念頭帶給他無比的勇氣。

刀鋒肯定從幸運的表情裡看出了什麼端倪，令她躊躇猶豫了一會兒。她背脊的毛髮明顯豎起。左右護衛麥斯和短刀分別站在她的身後，其他猛犬狗幫的成員則負責守在洞穴入口，壓低了黑色的頭顱，令人備感威脅。

刀鋒怒視著幸運。「你該不會笨到敢再單獨上門來吧。你那幫可悲的同伴上哪兒去了？」

幸運清了清喉嚨。「我們的艾爾帕沒興趣跟你們打鬥。你提到過地犬發怒的事也確實發生——因此引發第二次大咆哮。懸崖崩塌，驚擾了湖水之犬大動肝火。我們的艾爾帕不想得罪神靈之犬。你作戰的對象是雷霆，不是荒野狗幫的所有成員。硬拖眾狗下水只會造成無謂的流血事件。」

「這是你們家的事，」刀鋒語帶輕蔑。「不干我們的事。」

幸運盡可能穩住自己的情緒。「這件事沒必要把所有成員都牽扯進來。這是你跟雷霆之間的恩怨，她想跟你進行一場公平的打鬥。她跟你約在結冰的河岸邊，你得越過長爪的小鎮以及橫跨寬闊湖水的破木頭棧板。雷霆將會跟你在森林起始處的河岸邊對戰。明日太陽之犬升起後，她會獨自前往赴約。以這場打鬥單獨跟你一決死戰。」

刀鋒語帶輕蔑。「就憑那隻幼犬？想要打敗**我**？」

麥斯與短刀在一旁發出竊笑，其他猛犬狗幫的成員也跟著發出訕笑。

幸運的背脊一陣發涼。要是刀鋒拒絕挑戰，他們的計畫將會泡湯。他不禁想到甜心與崔奇帶領的狗幫所有成員，此刻正聚集在冰冷的懸崖邊，等候他的消息。

此時，猛犬狗幫的艾爾帕明顯卸下心防。她對幸運虎視眈眈的態度似乎消失無蹤，先前那種恫嚇的聲勢又重新出現。「我很高興見到幼犬終於認清將成為地犬獻祭品的事實。要是她真以為可以打敗我，那可就大錯特錯，但是既然她提出要求進行一場打鬥，我願意如她的願。」刀鋒的嘴唇輕蔑地皺縮成一團。「你回去告訴那隻幼犬，我會前往應戰。她最好做足被開腸剖肚、屍首最後遭老鼠啃咬的心理準備。我對待她的手足稱得上仁慈，迅速解決掉他的性命。雷霆沒法得到相同的……憐憫。」

幸運忍不住皺起鼻子。他記起大牙的悽慘死狀，受到凌虐。**刀鋒哪裡知道憐憫一詞的意義**。

她狀似威脅、頸背高聳。「現在立刻去通知雷霆那傢伙，城市佬。還有，你最好跑快點！限你兩秒鐘消失在我眼前，否則我們將親自前往通知雷霆，帶著你身上的毛皮當作戰利品。」

幸運倏地轉身，越過岩石與矮樹叢，朝荒野狗幫的廢棄營地方向奔去，穿越蜿蜒的石頭小徑，他向著寬闊湖水的方向狂奔。他知道自己得馬不停蹄地奔跑，因爲他不相信刀鋒會遵守遊戲規則。猛犬狗幫想必猜到了，他的狗幫會埋伏在河岸邊。如果她現在跟在他身後追上來，那麼肯定會發現他們的蹤影——他必須警告甜心，攻擊犬正朝著他們的方向而來。

第十九章

待幸運抵達蜿蜒曲折的河岸邊時，雲層已經聚攏在一塊。天空灰濛濛一片，發出銀白色光芒，陰霾的天空並未降下雨水。

幸運停下腳步，抬頭望向光禿禿的枝椏。一陣冷空氣朝他襲來，竄進他的鼻子。他冷得縮起身子，他記起森林中的黑雲降下的那場雪，當時他在狗幫的舊營地上游搜尋麥基的下落。他仔細嗅聞，發現空氣中並未帶有惡臭。

一朵白色的小雪花落在他的腳掌上，他用腳輕輕一踩，雪花立刻融化成一灘雪水。

別傻了，幸運斥責自己一番。**不過是一場再普通不過的降雪**。

儘管如此，他仍稍微緩下步伐，小心翼翼地踩踏著落葉前進，沿著蜿蜒的石頭小徑，望著眼前飛舞的白雪，落在一片矮樹叢上。他已經感覺到自己正朝狗幫的方向接近，滿心期待地搖擺著尾巴，想著甜心身上柔軟且光滑的毛皮以及她身上的甜美氣味。

他穿過矮樹叢，映入眼簾的那一幕令他備感溫暖。兩個狗幫的成員彼此簇擁在一塊兒取暖。幸運躲在一旁觀看，欣賞著這一幕景象。耳語正舔著雷霆的耳朵。麥基和史奈普緊緊依偎在小波的身邊，崔奇正跟甜心竊竊私語。幸運抬起頭，目光穿過矮樹叢，正打算宣告自己回返的消息時，耳邊卻傳來黛西的尖聲呼喊。

「你們快瞧，天空降下的雨夾雜著白色的團塊！」

雷霆跳起腳來，大聲喊道。「落在身上的**感覺**很不同，柔軟卻比平常更加冰冷。」

甲蟲與荊棘開始繞著圓圈打轉。

「掉落在地面時並未融化！」荊棘說。「這場雨很不對勁！」

「也許是天犬在發怒！」甲蟲說完躲到母親的身旁。「這一切是否跟大咆哮有關？」

「不要緊，小傢伙們，」月亮安撫說。「天空降下的稱作雪。你們不必感到害怕。冰雪冬季將要籠罩整個大地，有時就連天犬也忍不住要直打哆嗦。他們因為寒冷而寒毛直豎，雨水變成了柔軟且呈現白色的雪。」

雷霆抬起頭質問道：「為何現在降下了雪？你確定天犬沒在生氣，當大咆哮再度來襲時，湖水之犬不是因此大發雷霆嗎？」

瑪莎站起身，將雷霆和荊棘擁入懷中。「天空降下的不過是雪，就像月亮所說的，它不會給我們帶來任何傷害。」

「等到天氣變得暖和，雪將融化成水，像雨水那般，」月亮向他們保證。「地犬會把雨水都舔乾淨。」

「她為什麼不現在就把雪都舔乾淨？」黛西問。「難道對地犬來說，雪太冰冷了？」

「是啊，」月亮輕聲回答。「雪太過冰冷，地犬並不喜歡。她會等到雪融化成雨水才舔光它，讓它消失無蹤。」

黛西聽完這才放心，她用鼻子緩緩呼氣，呼出白色的霧氣。她依偎在瑪莎身邊，所有的狗兒們全都靜靜地凝望著眼前降下的白雪。

幸運深深為這群狗幫的同伴們所感動。他張開嘴，正想宣告自己回來，卻突然聞到不尋常的味道，立刻怔住。

猛犬！

這不是雷霆身上的氣味，而是有另外一隻猛犬在場。雖然只有一隻狗身上的味道，幸運卻無從分辨對方的身分。他躲回矮樹叢，在臨時營地的四周繞了一圈，放輕腳步不發出任何聲響。幸運的頸背發毛，他極力保持冷靜，試著回想夢境帶給他的溫暖與平靜——如果他現在慌了手腳，肯定會讓猛犬聞到他身上恐懼的氣味。

幸運躲藏在滿覆著白雪的枝椏間觀看，沒多久便見到這隻猛犬。黑色短毛下的肌肉充滿彈性，他用力喘著氣，睁大了眼，像是追著兔子奔跑了一大段距離似的。幸運認出這個入侵者名叫飛羽，小猛犬幸虧是在大咆哮發生前出生的。飛羽的眼睛直盯著狗幫成員瞧。他並未留意到幸運正潛伏在附近觀察他，看著他正攀上一棵崩塌的圓木，準備向營地的方向前去。

幸運往前猛撲，直接朝飛羽的胸膛撞去，猛犬立刻摔倒在地，摔落在一片樹莓上頭。小狗奮力掙扎，身體在幸運的重量壓制下不斷扭動，幸運只得緊緊壓住他的胸膛。飛羽張大了嘴呼吸，無意做出啃咬的動作。猛犬看起來一副筋疲力竭的模樣。

幸運不知道猛犬的意圖爲何。刀鋒是否正埋伏在附近？幸運提高警覺。

「快來幫忙！有闖入者！」他放聲大喊。

狗幫成員們紛紛衝出營地，高聲吠叫。甜心領頭在隊伍前方。她立刻掌控情勢，衝到幸運身旁，將腳掌壓制在狗兒的喉嚨上。

「你是誰？」她大聲咆哮。「你在這裡做什麼？立刻招認，否則我要撕裂你的喉嚨！」

「誰在乎他的說詞是什麼？」月亮接著搭腔。「我們不能相信他的話。我們應該馬上解決他的性命，否則一等我們放了他，他就會跑回自己的狗幫。」

「這倒是眞的。」甜心更加用力地壓住飛羽的喉嚨，幸運見到猛犬一陣猛縮，甜心的爪子立刻在他的脖子上留下一道抓痕，鮮血滴落在純白的雪上。

「求求你們不要殺我，」他苦苦哀求。「我離開刀鋒的狗幫，是因爲我想要加入你們的行列。」

「大牙當初不也以這個理由誘騙你上當，幸運？」貝拉在一旁提醒。

「你絕對不能相信猛犬所說的話，」布魯諾附和。

「雷霆怎麼說？」飛羽急忙替自己脫困。「她不也加入你們的狗幫。如果你們肯給我機會證明，我會讓你們知道我也是値得信任的。」

「雷霆不同，」史奈普語氣堅定地說。「我們在她還是幼犬時就收留了她。但是你不同……」她露出嫌惡的表情。

「這肯定是刀鋒派來的奸細，」幸運用力地將他壓制在樹莓叢間。猛犬不斷掙扎。「我不是奸細！」

崔奇走近猛犬，朝他其中一隻尖耳朵咆哮道。「你當然不是。我們只要放了你，你不會傷害我們、不會逕自返回刀鋒的狗幫，告訴她我們的所在位置。我們眞蠢才會把你想得這麼低劣。」

「現在就宰了他！」微風嚷道。在場多數狗兒也都異口同聲表示同意。幸運望著狗幫的成員們逐漸朝飛羽逼近，對他齜牙咧嘴。只有雷霆退縮在一旁，若有所思地抬起頭。

甜心用力將飛羽壓制在地，只見他聲嘶力竭地喊叫著，「我不是奸細，我向你們保證！刀鋒早就知道你們的埋伏地點，還有你們的計畫。」

甜心略微放鬆壓制的力道。「你這話是什麼意思？」

飛羽上氣不接下氣地吐露實情。「你們的歐米茄，」他倒抽一口氣。「那隻體型怪異、有著一雙突眼的小狗，跑去向刀鋒說出你們打算欺騙她的事。你們計畫讓她跟雷霆進行一場打鬥，但是狗幫的其他成員卻埋伏一旁，準備對刀鋒以及她的手下發動攻擊。她知道這一切計畫，而且絕對不會單獨應戰——這點可以確信！」

自從陽光成為歐米茄後，小黑犬就不再是歐米茄的身分，但是荒野狗幫的成員們都知道飛羽指的是誰。

「懷恩。」幸運極為不悅地說出他的名字。

甜心鬆開飛羽的脖子，他的頭立刻仰躺在雪地上。「看住他，貝塔。」幸運低下頭以示同意，將他的前爪壓制在飛羽的胸口。猛犬並未掙扎或試圖起身。他仰躺在一片雪地上，大口喘著氣。

甜心與崔奇退開一小段距離，彼此竊竊私語。狗幫的成員們將幸運和飛羽團團包圍住，確保猛犬被壓制在地，動彈不得。

布魯諾朝小狗的脖子一咬。「你是怎麼找到這裡來的？」

「我不是告訴過你們，那隻小狗把你們的計畫全盤告訴刀鋒。所有在場的猛犬都聽見他的話，每個成員都知道你們的所在。計畫要突襲你們。我是來這警告你們的。」

在場的狗幫成員們聽完這番話莫不驚恐萬分。

「猛犬狗幫知道我們的位置。」達特語帶惶恐。

耳語瞪大了眼睛。「他們正要朝我們發動攻擊！」

「你們應該快點逃命。」飛羽氣喘吁吁地說。

「住嘴，闖入者！」布魯諾大聲咆哮，小狗立刻噤口。灰濛濛的天空無聲地降下了白雪，落在光禿禿的枝椏上，大家一陣緘默。**要是刀鋒知道我們的所在位置，我們非走不可**，幸運心裡不免沮喪。他們現在該做何打算？

甜心與崔奇不久返回大家面前，踩踏在純白的雪地上。狗幫其他成員讓出通道讓他們走過，艾爾帕端坐在距離飛羽不遠處。

崔奇率先開口。「我們倒想聽聽你的說法。」

「我們同意聽你怎麼說並不代表什麼，」甜心立刻補充。「我們看不出來憑什麼相信你說的話，但是你最好開口說清楚。」

幸運向後一退，讓飛羽坐起身。布魯諾、貝拉和崔奇狗幫裡的大塊頭伍迪則湊近他的身旁坐著，以防他動了什麼歪腦筋，可以立刻朝他撲過去。

飛羽深吸一口氣。他的目光多半時候都盯著甜心和崔奇，偶爾望向在場其他狗。「我必須離開刀鋒的狗幫，」他開口說。「她簡直是瘋了，嘴裡老是談論她的夢境，以及地犬之死。她還說自己預見第二次大咆哮的發生，還有她巴不得解決掉雷霆的性命，因爲她是第一次大咆哮後出生的猛犬。她十分深信自己夢境裡見到的預言，她**勢必**要殺掉第一次大咆哮後出生的幼犬，否則地犬會解決掉她的性命。」他向甜心懇求道。「你們也見到了她對大牙做的事，尤其是他對刀鋒可說忠心耿耿！她毫不猶豫地殺害同類。如果我在大咆哮發生後幾天出生，她肯定會把我也給殺了。」

雷霆低聲說：「她簡直是隻禽獸。」

甜心目光冷冷地說道：「我還以爲你們無論如何都會對自己的領袖效忠。這不是猛犬狗幫向來的作風嗎？」

飛羽輕聲說：「我也不願意背叛自己的狗幫，但是我實在無法繼續待在刀鋒所領導的狗幫裡生活。我懷疑她對大咆哮的說法，也曾耳聞她對拉拉下毒手的事。接著，我親眼目睹她殘酷殺害大牙那一幕。在這件事發生後，我再也無法繼續待在她的狗幫。」

幸運望著猛犬睜大了黑色的圓眼。**我想他說的應該是真話……**

「我們要怎麼證明你是獨自前來？」崔奇問。

「我敢向你們保證。刀鋒對大牙做出這麼殘忍的事後，我一刻也待不住。我一直等到有機會才逃跑。就在你向刀鋒宣告，前往應戰雷霆的消息後，刀鋒派遣我跟其他兩隻猛犬外出巡邏，我趁他們不注意時開溜——我不停奔跑，直到抵達這裡才停下腳步。要是讓刀鋒逮到我，我肯定沒命。她就追趕在後頭不遠處，因爲她一心想要解決掉雷霆。」

幸運的背脊一陣發毛。

甜心的目光直盯著小猛犬。「你對她的計畫知道多少？」

「我知道刀鋒是下定決心要追捕雷霆——因爲她的嘴巴老是掛著這件事。懷恩幾天前去營地向刀鋒報告他所知道的內幕時，她簡直不敢相信自己的運氣。他想要利用情報作爲加入猛犬狗幫的條件。他一五一十地向她透露一切。她知道你們將藏匿在懸崖上方，她準備突襲你們。」

幸運想起那天向刀鋒說出雷霆對她提出的挑戰時。「她同意應戰的態度未免太過乾脆，並未對此多加懷疑。」事後回想起來，果然事有蹊蹺。他的尾巴下垂，咬開腳上沾黏的瘦果。他怎麼輕易地就上了對方的當？

「她計畫要怎麼做？」崔奇問。

飛羽目光專注地望著他。「她絕對不會讓你們有機可趁。她要帶領狗幫穿過長爪的小鎮，但卻不是沿著河岸小徑前往上游，而是繞往森林，從後方加以攻擊，將你們逼到懸崖角落。她希望你們把注意力放在河岸小徑，這麼一來你們就不會留意到敵人將從後方突襲。我是來警告你們的。」

「我還是不知道你**為什麼**要警告我們，」甜心坦承心裡的疑問。「你究竟在盤算什麼？如果你認爲刀鋒瘋了，爲何不直接逃走？成爲一隻獨行犬。」

幸運仔細盯著飛羽瞧。小猛犬似乎想將心裡的想法說清楚。「刀鋒這次對你們的攻擊計畫似乎不夠……**光明正大**。儘管艾爾帕曾告誡過猛犬狗幫榮譽的重要性，但是我們並非全都如此野蠻。」他抬起頭，刻意壓低身體保持畢恭畢敬的態度，幸運見到他將目光鎖定在雷霆身上。接著，他移開目光繼續說。「總之，我覺得有必要告訴你們這件事。」然後，他默默加上一句，「我不認為自己可以成為一隻獨行犬。我從來只跟狗幫一塊兒生活，不知道如何獨自過活。」

幸運不免同情起這隻猛犬，記起他不過比雷霆年長一些，才剛舉行過成年禮。雪花在飛羽四周飛舞著。身處在一群狗兒之中，他顯得特別形單影隻與脆弱，儘管他一身肌肉結實、下顎堅韌。

甜心望向幸運的眼睛。「懷恩是在貝拉想到拉攏崔奇的狗幫加入我們之前離開的，對不對？」。

幸運思索了一會兒。他想起小狗是在雨雪紛飛中離開荒野狗幫的。布魯諾還說懷恩的離開，對狗幫來說是件羞恥的事。老狗質疑狗幫要如何才能夠擊敗猛犬，貝拉這時候才想到要說服崔奇的狗幫加入我們的點子。

懷恩對崔奇的事一無所知——這意味著刀鋒不知道我們還找了其他狗幫加

入我們的事。他迅速低下頭——甜心說的沒錯。

貝拉的雙眼閃爍著光芒。「的確。我們商討崔奇狗幫的事時，懷恩並不在場。」

「呃，至少，這是個好消息，」甜心說。「無論如何，這場打鬥都得進行。假使可以立刻動身至少可以取得先機。原來的計畫或許行不通——但是也不能待在這裡坐以待斃。」

飛羽放下心中大石，鬆了一口氣。「你們相信我說的話？」

「我不知道，」甜心回應。「但是我相信，刀鋒知道我們原先打算從懸崖上方攻擊她的事。所以，我們得另外想其他辦法。」

幸運看見耳語對雷克竊竊私語，只見雷克向小波靠攏，在他耳邊交頭接耳。

小波畢恭畢敬走向崔奇，低下他的頭。「艾爾帕，我能否跟你說句話？耳語想到一個好點子，我認爲應該行得通。」

崔奇跟狗幫其他同伴轉過身去望向黑色毛髮的貝塔。「繼續說。」

「如果猛犬狗幫打算穿過森林，接近我們的營地，我們或許可以想法子瓦解刀鋒的狗幫，阻撓他們前進。但是這麼做並不容易。」小波不安地移動腳步，望著片片飛舞的雪花好一會兒。「接受這項任務的狗，腳程必須很快。**速度飛快。**」

第二十章

幸運、甜心和耳語正穿過大片白雪。白雪的深度已經足以覆蓋幸運的腳，將他們的足跡全都掩蓋。眾狗沿著蜿蜒小徑前往內陸，遠離河岸邊時，雪花片片從天空落下，落在石頭和樹上，以及彎曲的山谷間。幸運曾在城市中見過下雪的景象，只不過籠車將白雪壓在轉動的腳下，長爪們則是把雪踩踏在腳底。

在這個不見任何長爪蹤影的地方，白雪肆無忌憚地下著。雪在地面堆積了厚厚一層，冰冷的觸感令幸運不由得想起艾菲。儘管他已經命喪黃泉，但是他的話卻在幸運的腦海盤旋不去。

狗幫或許能夠繼續生存，只要當雷霆之犬來到，每隻狗都能盡一己之力。你的責任最為重要。

幸運緊蹙眉頭，小心翼翼踩過雪地。**我的責任究竟為何**？

甜心打破沉默說：「白雪讓一切顯得如此不同。」她環顧四周，仔細嗅聞。「河水在我們的身後，但是我不記得山谷如此遼闊。」

幸運瞇起眼望著片片飛舞的雪花。「白雪讓眼前的景物變得更加開闊。」

「不要緊，我在這裡住了大半輩子。我知道我們所在的確切位置。」耳語壓低音量向他們保證。「雖然我們沒法透過雪看見身處的位置，但是森林就在我們的正前方，長爪的小徑就在下游處過去些。」他回頭望向他的右肩。

幸運希望這隻灰狗的判斷無誤。大雪覆蓋了一切景物、顏色和氣味。「白雪改變了一切。」

甜心豎起耳朵說：「這地方真是安靜。」

「天氣太冷，不見任何獵物的蹤影。」耳語開始動身。「猛犬狗幫卻勇於對抗這場雪。如果飛羽說的沒錯，他們現在應該已經抵達小鎮。說不定開始沿著小河前進，或是正打算穿越森林。」

幸運渾身發顫。「你說得對——我們必須加緊腳步。」

他們繼續趕路，腳踩得剛下過的雪嘎吱作響，還得留意別打滑。最後，幸運終於見到了長爪居住的屋舍輪廓，發現他們已經抵達了小鎮外圍。他的鼻子突然竄進一個刺鼻的氣味，立刻止住步伐。

「猛犬！」他壓低聲音說，「他們就在附近。」

耳語用力嗅聞，甜心則用她那優雅的長鼻子指著說。「前面的雪地上有腳印。」她小心翼翼接近查看，尾巴直直落在身後。「腳印有大有小，肯定出動了整個狗幫。」

幸運背脊的寒毛直豎。「飛羽說的沒錯，他們果然想對我們發動突襲。懷恩肯定把我們的計畫告訴刀鋒。」小狗的背叛令幸運氣得鬍鬚發顫。

甜心開口說。「那隻不忠的傢伙自以為聰明，但是他並非**無所不知**。」

耳語眨眨眼表示贊同。「你不必單槍匹馬對付他們。」

「運氣好的話，我們根本毋須出手跟他們打。」她繼續仔細嗅聞另一個腳印。「他們肯定不久前才離開小鎮。這些腳印無法在雪地上停留太久。」

甜心說的沒錯，話才說完，雪花已經落在猛犬的腳印上，將它們覆蓋成雪白一片。

「往這邊走。」耳語說完，領著他們離開這片雪地，深入山谷。樹木的棕色樹幹從雪地中伸出，樹枝的頂端都已經呈雪白色。森林就覆蓋在一片白雪之下！

儘管天氣嚴寒，幸運想起夢境中幼犬們在太陽之犬的光芒映照下嬉戲，心中不由得一片溫暖。他暗自在心中想起了森林之犬。

噢，充滿智慧的神靈之犬，祢總是庇佑著我。現在的我比任何時候都更需要祢們的幫助。

眾狗在林間穿梭，最後來到一個石頭洞穴前停下腳步。幸運和甜心交換了眼神。

「萬一讓猛犬聽見我們該怎麼辦？」幸運問。

甜心的臉上帶著堅決的表情。「我們現在已經不能走回頭路了。」她仰起頭，開始發出嗥叫。幸運和耳語跟著加入，大家站在洞穴入口處，盡可能大聲吠叫。

起初，並沒有任何動靜。幸運望著洞穴，但是當他吠叫時，他腦中竟出現猛犬狗幫衝到雪地上列隊站好，準備攻擊荒野狗幫的畫面。他拉長喉嚨，拼命叫喊，冒險向洞口跨近一步。

不久，洞穴裡傳來深沉的怒吼聲，幸運的心臟差點停止跳動。大家嚇得陷入沉默，目光直盯著洞穴入口處。

甜心突然回過神來。「繼續吠叫！」她下令道。

三隻狗叫得比先前更起勁。

幸運感覺到地面被踩踏得震動，洞穴頂端的白雪片片掉落。

「牠來了。」耳語雖然嚇得發抖，卻繼續吠叫。

「你現在可以離開了。」甜心對他說。

「你確定嗎？」

「快回到你的艾爾帕身邊。快去！」甜心一聲令下。

耳語迅速點點頭，轉過身去，奔向一片雪地。

幸運用盡渾身力氣，仰頭發出長長的嗥叫聲。他感覺到洞穴內再度傳來腳步聲。地面搖晃，巨毛怪現身在洞穴外，牠扭動著頭，發出怒吼。

巨毛怪滿布血絲的雙眼，從眾狗身上移往一片銀白色森林，牠困惑地朝雪地眨了眨眼睛。接著，牠的臉龐閃過怒火、齜牙咧嘴。唾沫從牠鋸齒狀的齒縫邊流下。牠往前一撲，以後腿站立，用牠的巨掌朝幸運一揮。

幸運立刻向後一退，卻仍繼續吠叫。奮力壓抑內心的恐懼，盡可能惹惱眼前這頭野獸。巨毛怪再度發出怒吼。在一片靜默的森林中，巨毛怪的怒吼聲宛如天犬發出的雷聲或是地犬發出的嘶吼聲。鮮血衝向幸運的頸部，他幾乎喘不過氣來，回到甜心身邊。

「準備好了嗎？」她小聲問。

幸運動動耳朵表示準備好了。

巨毛怪以後腿站立，宛如一株大樹幹。牠不斷揮舞著前腿，長長的尖銳腳爪在空中拚了命地比劃著。

「現在！」甜心喊道，接著倏地轉身，朝小鎮外圍的方向猛衝。幸運緊跟在甜心身後，冒險回頭張望了一下，他見到巨毛怪先是一愣，眉頭困惑地連在一塊兒。接著，牠才以迅雷不及掩耳的速度向雪地猛衝。

幸運奮力要跟上快腿犬的腳步，飛快的速度簡直像是在雪地上飛奔。這對幸運來說並不容易，他的四肢較短、體格壯碩，速度沒有甜心那樣快，常常失足在雪地上打滑，或是踩踏到埋在雪地下的樹枝或殘骸。他從沒想過像巨毛怪這般壯碩的體型，竟然可以跑得如此快。

等到他跟甜心跑到猛犬們留下的足跡處後，幸運幾乎跟不上甜心的腳步。巨毛怪越過山谷，依舊大跨步緊跟在後，踢起地面的雪。

「你能夠看見足跡前往的方向嗎？」他氣喘如牛。

「朝這邊去！」甜心大喊。

「我辦不到！」幸運喘著氣說，巨毛怪此刻仍緊跟在後，他內心感到既羞赧又恐懼。「我辦不到！」

「前頭有道圍欄。你跳過圍欄後躲起來——巨毛怪留給我對付就行了！」

「我不能留下你單獨對付牠！」他驚慌大喊。她打算逕自向猛犬狗幫的方向去！

「我不會有事。也不會跟他們打起來——有了風之犬在背後替我撐腰，沒有任何一隻狗追得上我的速度！」

背後傳來的怒吼聲令幸運的心臟都要跳出來了。「但是，甜心——」

「圍欄！」她大聲咆哮。「這是命令，貝塔！」

話說完後，她立刻朝前猛衝，越過雪地，大聲對巨毛怪發出吠叫，要牠跟上。幸運雖然照辦，腦中卻一片空白，但仍是拚了命向前奔跑。他越過圍欄，倒臥在雪地中，屏住呼吸，不讓巨毛怪聽見他的聲音。牠停在圍欄邊上，大口喘著氣，鼻子不斷噴著氣。甜心發出尖銳的吠叫聲，幸運聽見野獸開始移動，牠的腳步向著甜心發出聲音的方向走去，沉重的腳步聲在山谷間迴盪。

等到巨毛怪沉重的腳步聲逐漸消逝後，幸運才得以大口呼吸。他甩動身體、猛吸氣。待他回過神後，他想到甜心單槍匹馬朝猛犬狗幫的方向去，再加上一頭野獸在她身後追逐著。他知道自己得返回狗幫——萬一耳語沒有成功地回去通報？萬一事情出了岔子，狗幫的成員們需要他的協助呢？

但是他沒法眼睜睜看著甜心朝危險奔去。他越過圍欄，開始在巨毛怪身後一段距離追逐著、緩緩前進。野獸在雪地上留下的巨大足跡清晰可見，儘管對方的體型龐大，幸運竟無法在紛飛的大雪中見到牠的身影。突然間，他的耳邊傳來了尖銳的吠叫聲，幸運怔住不動、耳朵豎起。他聽見前方傳來了喧鬧聲，巨毛怪發出了怒吼還有狗兒們的吠叫聲彼此交錯。

他加緊腳步靠近，卻緩緩向前移動步伐，小心地跟在巨毛怪的身後。猛犬狗幫的成員們在慌亂中不斷吠叫。「大家！動作快！我們受到攻擊了！」

「怎麼回事？」另一個同伴問。

他聽見刀鋒在驚慌中發出嗥叫。「快腿犬將那隻大雪怪引了過來！快點制伏牠。」

幸運匍匐在地，他在一片飛舞的大雪中，只能隱約見到光滑的毛髮身影，卻沒見到甜心——她肯定在刀鋒弄清楚是怎麼一回事前開溜了。猛犬狗幫的成員們開始列隊排開、肩併著肩。接著，巨毛怪朝他們的方向衝去，宛如一團憤怒的黑色毛球。其中一隻狗發出痛苦的吠叫聲，幸運低下頭去，在雪中蹲低身子。

幸運的心底感到一絲愧疚，他不忍聽見狗兒不斷傳來的哀號聲。**不論我對刀鋒有何成見，我成了將巨毛怪引至猛犬狗幫的共犯。**

「我的腿！救我，有誰能夠幫幫我！」

一陣酸澀氣味竄入幸運的喉嚨，他用力吞嚥口水，感到一陣暈眩。

「牠又回來了！」是麥斯的聲音。

刀鋒奮力發出的吠叫聲傳遍了整座山谷。「在牠殺光我們之前，快點阻止牠！攻擊牠的側身和背部！一旦制伏牠，我們就能攻擊牠的喉嚨，給牠致命的一擊！」

幸運聽見許多軀體倒下的聲響。巨毛怪發出憤怒的怒吼聲。沉重的腳步聲夾雜著痛苦的哀嚎。幸運把他的頭埋進兩腿間。他真希望可以塞住耳朵不去聽見這些聲響。山谷裡的雪地一片寂靜無聲，令人難以忽視牙齒撕扯肉體以及下顎咬碎骨頭的聲音。狗兒發出咻咻的喘息聲，鮮血不斷從身體汩汩流出，冰冷的空氣中傳來刺鼻味。是血的味道。

幸運奮力穿過森林抵達懸崖時，他幾乎喘不過氣。儘管寒風刺骨，他卻汗流浹背。白色積雪厚厚地覆蓋在岩石上，像一片表面光滑、柔軟的肌理。但是幸運清楚地知道，覆蓋在皚皚白雪下的岩石既堅硬又尖銳。他忍不住焦慮地發出一聲悲鳴。觸目所及完全不見狗幫成員的蹤影。他在懸崖四周打轉，用前腿在雪地上一陣抓扒。甜美的氣味竄進他的鼻腔。**甜心**！

她在河岸邊的小徑上留下她的氣味。他繞著懸崖周圍查看，在林間穿梭，在小河邊找到一條小徑。河水表面結了一層冰，閃爍著死寂的光芒。

空氣中傳來憤怒的吠叫聲。「是誰？請表明身分！」一隻狗兒從岩石後方步出，頸背高聳、壓低了頭，態度兇猛。

幸運立刻認出了這個聲音。「麥基？是我！」他奔向黑白犬的方向，搖擺著尾巴。

麥基立刻從兇猛的守衛犬姿態轉變爲一隻熱情的幼犬。他輕聲發出吠叫，猛撲向前，對幸運又親又咬。「甜心剛回來不久。你怎麼去了那麼久！我們還以爲你出了什麼事。大家見到你肯定很高興。」他沿著堆滿雪的河岸邊前進，穿過樹叢。兩個狗幫的成員見到麥基和幸運的身影出現時，莫不興奮歡呼。

甜心猛撲向幸運，舔著他的鼻子、磨蹭他的脖子。「我們的計畫進行得天衣無縫，」她對他說。「巨毛怪轉爲攻擊猛犬，他們根本措手不及。我趁亂逃走，全力朝狗幫的方向前去。刀鋒的其中幾名手下追了上來，但是沒有誰能夠追得上我的速度，很快就放棄追逐。」她的雙眼閃爍著滿足的光芒。

「刀鋒是否受傷？」幸運問。

甜心呼了一口氣。「說實話，我也不確定——巨毛怪攻擊她的狗幫時場面十分混亂，我並未在現場久留查看情勢。」

這時，雷霆從瑪莎和月亮之間鑽出。雙眼閃過一絲陰霾。「我希望她會痛苦地死去，她罪該萬死，」她說。

雷霆這番殘酷的說詞著實令幸運感到不安。「我聽見場面一陣混亂，」他喃喃說著。「但我什麼也看不見，只聽見幾隻狗發出的哀嚎，還有痛苦的嗥叫，但我不認爲刀鋒受了傷。」他凝望著眼前一片白雪，四周出奇地安靜。「刀鋒看見你了，甜心。她知道是你引誘巨毛怪去攻擊她的狗幫。如果她倖存下來的話，肯定會爲此展開報復。」他試著不去想那些遭到攻擊和啃咬的攻擊犬發出的哀嚎聲。

甜心壓低聲音說：「我們必須選在空曠地跟他們打鬥，希望他們喪失懷恩向他們告密的優勢，而且不知道崔奇的狗幫加入我們的事。」

「但是刀鋒肯定比從前更不好惹。」達特輕聲說完，走到布魯諾身邊。

甜心默不作聲，將幸運、崔奇和小波帶開一小段距離。「我希望你們幫我集結衆狗。」接著，她轉過身對所有成員說，「狗幫衆成員以及崔奇的狗幫聽著，並肩作戰的時刻將要到來，猛犬們正朝著我們的方向來。他們肯定怒不可遏，而且急於報復我們。加上刀鋒肯定會設法激怒猛犬狗幫的成員，說服他們相信，能夠阻止最後一次大咆哮發生的關鍵就是殺死雷霆。我們不能讓他們突破我們的防衛。我們必須克服內心的恐懼、奮勇抵抗。我們最終將面對一群雷霆之犬，但我們將贏得最後的勝利。」

在場響起同意的吠叫聲，但是幸運依舊能夠嗅聞到空氣中夾雜著恐懼的氣味。他遵從命令，忙著將較強壯的打鬥者分派至狗幫的前線。麥基、史奈普和布魯諾被喚到前頭。在崔奇的鼓舞下，他的狗幫中最優秀的戰士也加入荒野狗幫的前線。

甜心在隊伍間巡視，她踩著修長的四肢，帶著一身驕傲直挺挺地站著。「猛犬狗幫抵達時，我希望你們彼此緊靠著對方。如果我們稍有鬆懈，對方將會輕易突破我們的防線。」她以口鼻將達特推離河岸邊。「小心別落水，水面結的冰還很薄──如果你們摔落河岸，就會撞破冰層，最後被凍死在水裡。我想就連瑪莎也不可能在冰凍的水裡待上一段時間。」

深諳水性的黑色大狗抬起頭表示贊同，達特嚇得渾身發顫，遠遠地離河岸邊一段距離。

幸運不安地望著飛羽擠在布魯諾跟貝拉之間，站到前線的位置。猛犬低下頭去，目光直盯著前方。

幸運不禁想起向來對刀鋒忠心耿耿的大牙，儘管她對待大牙殘酷不仁，小猛犬仍幫助刀鋒欺騙了荒野狗幫的成員，誘騙幸運上鉤。**以天犬之名向看顧一切的祂祈求，我們對飛羽的信任沒有錯**。

他中斷思緒見到雷霆竟想要擠往前線的位置，還將雷克擠出隊伍之外。

甜心一臉嚴肅怒視著她。「你不可以站在這裡。」

「但是我必須這麼做！」她抗議道。「要不是因爲我，刀鋒也不會找上門。我**必須**加入應戰的行列。我應該是隊伍中實力最堅強的鬥士，再加上我得替手足報仇。」

「你會完成你的心願的，」幸運說。「但是你不能太高調。現在開始，我們希望你可以躲在隊伍中。」

雷霆下垂的耳朵抽動了一下，卻依舊沒有撤退的意思。

「貝塔告訴你撤退到隊伍中——**還不照辦！**」甜心大聲斥責。

雷霆的腳像有千斤重似的，只得轉過身去，走到隊伍後幾列。她氣惱地垂下耳朵，暗自沉思，身邊的狗兒們開始集結隊伍。幸運的胸中感到一絲溫暖。雷霆至今仍像隻幼犬似的——還記得麥基跟他找到雷霆後引發的軒然大波，以及遭受責備後的愧疚感。她真是一點都沒變。

瑪莎走到雷霆身邊，把頭枕在猛犬的肩膀。「不要緊，小傢伙。」她喃喃說道。「你待在這裡比較安全。」

「但我不想待在安全的角落——我想要跟大家一樣，替我的狗幫奮戰。」

瑪莎輕聲安撫她。「該你出頭的時刻一定會到來。」

幸運望著雷霆把她的頭埋進瑪莎濃密的黑色毛髮內。兩隻狗之間彷彿從沒發生過嫌隙。他注意到大狗對待幼犬的慈愛宛如母親一般，雷霆的深色面龐充滿了信任。

幸運對雷霆最後願意站在隊伍後方——至少目前暫時如此，感到滿意。他沿著河岸邊巡視，查看是否所有的成員皆已準備好面對敵人。多數成員皆提高士氣，彼此相互鼓舞打氣。但是當幸運走到隊伍後方時，他卻見到陽光一副焦躁不安的模樣。小狗嚇得渾身發顫，深色的眼瞳籠罩著擔憂。她不時抬高頭仰望皚皚白雪，任何風吹草動都會令她膽顫心驚，不斷轉身、呼吸急促。

幸運舔舔她的耳朵安撫她說。「你還好嗎？」只見陽光挺起胸膛，試著表現出強悍的一面，但是發抖的背脊透露出內心的恐懼。「我會盡力爲我的狗幫而戰，」她勇敢說道。

「我不要你上場打鬥。你是隻體格嬌小的白毛狗，在一片白色的雪地中很難被對方察覺。我希望你找地方躲起來，確保自己的安全。」

「這麼一來我不成了膽小鬼，」她急忙說。「我必須盡到自己的責任。」

「狗兒們能以各種不同的方式盡到責任，」幸運向她保證。「你的責任不在戰場上。你現在只要保持自身的安全就是在幫助狗幫。」他壓低音量說。「甜心引誘巨毛怪前去攻擊猛犬狗幫時，我必須躲在圍欄邊。因爲我的腳程沒有甜心快，幫不上她的忙，因此感到十分自責。但是每隻狗與生俱來就擁有不同的特質——我們必須各自貢獻一己之力，給予狗幫最大的幫助。你可以幫助我們提振士氣。這比強而有力的下顎或是尖銳的腳爪更有價值，而且也是最重要的職責。」

她心懷感激地對幸運眨眨眼睛，身體因此放鬆不少。她輕輕擺動尾巴幾下後，便跑去樹下的雪堆，在那裡替自己掘了一個藏匿地點，躲藏其中，消失在一片皚皚白雪之中。

幸運返回甜心身邊，跟她一塊兒並肩站在狗幫的前線位置。視線所及不到幾隻狗身長的距離。大雪更加猛烈地落下，眼前滿布著片片白色雪花，冷到幸運的骨子裡。最終將與夢境中的雷霆之犬正面迎戰。

安撫陽光的話語在幸運的耳邊迴盪著。**狗兒們能以各種不同的方式盡到責任。**

但是他的職責何在？艾菲對他的描述究竟蘊含著什麼含意？等時機到來，他真的知道該怎麼做嗎？

第二十一章

分不清究竟是白晝還是黑夜，幸運凝望著天空，卻只看見眼前一片大雪紛飛。太陽之犬現在肯定回到溫暖且安全的巢穴睡覺，躲避冰雪冬季的酷寒，天空卻不見月亮之犬的蹤影。

祂們是否同時棄我們而去？幸運納悶著。不，不可能。母親曾對他說過太陽之犬返回他的窩巢之後，就會輪到月亮之犬看顧著眾狗。這麼說來，神靈之犬總是望著底下的世界，庇佑著眾狗們的安全。

母親畢竟活在不同的年代，幸運不禁悲從中來。**長爪們操控著整座城市……地犬平靜無息，庇佑著我們**。

那個世界已不復存在。

他渾身發顫，試著甩掉身上厚厚的白色雪花，但是大雪卻仍不斷落下。甜心靜靜地站在他的身邊，瞇起眼望著雪。崔奇端坐在她身體另一側，敏感的耳朵留意著各種聲音，鼻孔一開一闔。

「有任何動靜嗎？」甜心問。

垂耳犬嘆口氣。「還沒發現。」

荒野狗幫成員們集結在他們身後不斷竊竊私語。幸運真希望此刻會出現鳥叫聲或是老鼠沿著河岸邊疾走的聲響——任何聲音都行，只要打斷這令人不寒而慄的緘默。

猛犬狗幫為何遲遲不出現？難道巨毛怪殺光了刀鋒的所有成員？或是那頭野獸太過凶猛，嚇得他們落荒而逃。

幸運聽見了空氣中傳來的細微聲響——不知誰的腳踩踏在雪地上發出輕輕的嘎吱聲。恐懼令他如鯁在喉。甜心一陣緊繃，崔奇則是倏地抬起了頭。他們也都聽見了這個聲音。

過了好些時候，他們的耳邊只聽見片片雪花從天空落到地面的細微聲響。接著，又出現另一個踩踏雪地的腳步聲，風雪之中出現一個黑色身影逐漸朝他們逼近。

刀鋒的雙眼布滿血絲，憤怒地齜牙咧嘴。但是她身上的肌肉依舊結實，光滑的毛髮底下絲毫不見任何受傷的跡象。她的目光掠過荒野狗幫的成員，厭惡地噘起嘴，貼身護衛麥斯與短刀則站在她的身後。麥斯的臉頰上出現一道不規則的傷口，肩膀上的毛髮脫落，露出一大塊跟狗兒舌頭一樣的粉紅色肌膚。幸運渾身發顫。看樣子肯定是巨毛怪對他造成的傷害……

幸運依稀見到護衛身後站著一群猛犬狗幫。他在大風雪中看不清他們的數目有多少，但是在跟巨毛怪一番打鬥後，數目想必降低了不少。

「你！」刀鋒大聲咆哮，滿布血絲的眼睛直盯著甜心瞧。「快腿犬！那隻大雪怪攻擊我們時，我見到你匆忙離開的身影。你把牠引誘到我們面前，這一切導火線都是你。」

甜心一臉緊繃。「我會再做一次。」

刀鋒伸出一隻黑色腳掌踩踏在雪地上，雪花四濺。「這一切使倆顯示你是個懦夫，還想出在懸崖突擊我們的卑劣計畫。你的狗幫根本不是我們的對手，你們不敢跟我們正面決鬥。希望你繼續保持縮頭烏龜的心態。快把雷霆交出來——她應該交給我們處置。」

「我的狗幫加入了生力軍，」甜心大聲咆哮。「崔奇是個英勇的鬥士，他率領狗幫的成員前來支援我們。」

刀鋒的目光移到垂耳犬身上，雙眼驚訝地瞪得老大，卻一臉不屑地說，「快腿犬我知道你很孱弱，卻不知道你已經到了飢不擇食的地步！找來一隻瘸腿犬？還率領一個狗幫？」

麥斯與短刀輕蔑地跟著一旁訕笑。幸運內心的怒火取代了原先的恐懼，傳遍四肢，但是崔奇卻不動聲色。相反的，他只是站在一旁冷冷地望著她。這個態度似乎惹惱了刀鋒，她吐出舌頭舔舔嘴。

刀鋒的雙眼望向結冰的河水，聲音變得嚴肅。「我沒時間跟你們鬼扯。我預見另一場大咆哮發生，它的確發生了。昨天夜裡我在夢中聽見神靈之犬對我提出第三次，也就是將有最後一次大咆哮會發生。地犬將會消殞，夜晚將會降臨，或許永無白晝的到來。」她望向幸運的眼睛。「城市佬也知道這個預言，他跟我一樣也看見這一幕。」

他倆的目光彼此交會，宛如電光石火。幸運幾乎喘不過氣。**我從未告訴過她我的夢境。她是怎麼知道這件事**？難道是懷恩對她透露的？

刀鋒好奇打量著他，接著便將注意力轉移到甜心身上。「幼犬身上所流的血足以平息地犬的憤怒。另一場大咆哮將要發生。我知道城市佬感覺得到——你們其他成員難道感覺不到？唯有雷霆的死亡才可以阻止大咆哮再度發生。」

幸運感覺到渾身毛髮直豎，一股奇異卻又熟悉的激動發自內心。在一片紛飛的大雪之中，空氣似乎微微發出震顫。他的頸背高聳，背脊的寒毛宛如凍僵的鬍鬚。他不禁自責起來。

這是她的詭計，這一切不過出自她的想像。她或許是從懷恩那兒得知我的夢境。甜心曾經對狗幫的成員透露過，此刻刀鋒不過是想要嚇唬我們，讓我們交出雷霆。他深吸一口氣，頸背高聳。

只見甜心毫無畏懼。「我們一定會用盡生命保護雷霆和領地的安全。加上現在我們的成員數目增加，崔奇所率領的狗幫願意跟我們一道奮戰。他是個既英勇又講榮譽的艾爾帕，他手下的成員們個個驍勇善戰。你們自從跟巨毛怪一番打鬥後，成員大失血，看樣子根本不會是我們的對手。」

幸運打從心底佩服甜心的勇氣。他知道她這番話無非替荒野狗幫的成員打了一劑強心針。

她並未就此結束談話。

「你的狗幫在你的領導下飽受虐待與壓迫，」甜心說。「其中許多成員都親眼看見，你是如何殘酷殺害一向對你忠心耿耿的幼犬大牙。甚至還有成員再也無法繼續活在你的暴政之下。」她朝飛羽點點頭，小猛犬步上前去。

幸運屏住呼吸。**如果飛羽背叛我們，這一刻即將揭曉……**

刀鋒一見到飛羽走上前時，耳朵氣得向後一扭，幸運這才鬆一口氣。「你這個叛徒！」她大聲咆哮。「我要把你撕個粉碎。」

「如果你沒先被他殺死再說吧，」甜心不甘示弱說。

刀鋒上前走近一步，頸背高聳、齜牙咧嘴。麥斯與短刀隨侍在側，其他猛犬狗幫的成員也跟著步上前，就定位站好。幸運看見前任艾爾帕狼犬的身影站在隊伍後方，內心不禁一陣惱火。

刀鋒一臉輕蔑地怒視著甜心。「你們難道還認不清事實嗎？你們的數目就算增加，或是要更多伎倆也徒勞無功。我們才是天生的戰鬥者，你們這個可悲的狗幫不過是一群慘遭遺棄的傢伙——組成一個毫無自尊或是紀律的荒野狗幫，遭到長爪放棄的老弱殘兵。我們訓練有素、準備周全。我們生來善於殺戮，我們會一個個解決掉你們的性命。」

猛犬狗幫的成員們紛紛發出吠叫與咆哮，欣然同意領袖的這番話，幸運不禁嚇得背脊一陣發毛。荒野狗幫中，有些成員從未獵殺過比兔子還大的獵物。他的腦中不禁想起黛西以及月亮的幼犬……

他掩飾內心的恐懼，對刀鋒怒吼。「說夠了沒有！你應該聽見我們的艾爾帕說的話：我們絕對不會把雷霆交給你，讓你冷血地將她殺害。我們才不怕你的恫嚇。我們的成員們已經準備好要奮戰到最後。」

荒野狗幫的成員們發出一陣喧鬧的咆哮與吠叫。猛犬狗幫也發出怒吼作爲回應。

喧鬧聲中響起甜心的聲音，在冷冽的空氣中顯得既清脆又清晰。

「荒野狗幫的成員們：發動攻擊！」

衆狗們聽到領袖一聲令下，開始向前猛衝，踢飛腳底踩踏的雪花。甜心逕自朝刀鋒的方向攻去，幸運當下見到猛犬狗幫的領袖臉上閃過一絲驚嚇。她顯然沒料到荒野狗幫會率先發動攻擊。接著，刀鋒咬緊牙根，聲嘶力竭喊道，

「展開殺戮，猛犬狗幫，**大開殺戒！**」

攻擊犬從雪地往前猛攻時，沿著河岸邊聚攏的兩個狗幫成員莫不一陣驚慌。猛犬狗幫其中一些成員在跟巨毛怪打鬥時雖然受了重傷，不過這卻更加深他們奮力應戰的決心。儘管猛犬狗幫的成員數目較少，不過刀鋒說的沒錯——她的手下都是一群訓練有素的鬥士。他們的隊伍整齊劃一朝甜心和崔奇的狗幫挺進，目光充滿殺氣。

猛犬狗幫的成員以蠻力朝荒野狗幫猛攻。短刀逕自衝向飛羽，將幼犬摔向

一株樹木，用長長的尖牙咬住他的脖子。

「卑劣的叛徒！」體格壯碩的猛犬啞著嗓子說。「你會親眼見識到我們怎麼虐殺你的同類。」

幸運正打算前往協助飛羽，眼角餘光卻瞥見到一個灰色的身影，接著便聽見史奈普發出痛苦的哀嚎。狼犬從猛犬狗幫的隊伍後方竄出，讓他的前任手下措手不及，還將他的長下顎咬住她的後腿。史奈普拚了命掙扎，朝前任艾爾帕的臉上一陣抓扒，卻無法掙脫開來。

「我們曾經生活在同一個狗幫中！」史奈普大口喘著氣。「我聽從你的命令——一向對你忠心耿耿。」

「效忠領袖本來就是應該的，」狼犬大聲咆哮，更加用力咬住她的腿。

麥基從大雪中竄出來，前腿往前任艾爾帕身上撲去，令他毫無招架之力。狼犬原先咬住史奈普後腿的嘴鬆了開來，趴倒一旁。「該死的栓鍊犬！」他氣憤地脫口而出。「我不知道你還會打鬥。」他跳起身來，準備朝麥基的方向撲過去時，一個白色身影不知從哪裡冒出來，甜心一身光滑毛髮阻擋在狼犬和農場犬之間。

艾爾帕噘起嘴，不懷好意地竊笑道，「你就是取代我位置的那隻狗？新任的艾爾帕？」

甜心背脊僵硬，胸腔發出隆隆聲響。「我可一點都不像你，」她咆哮道。「你從來就稱不上是個真正的艾爾帕！」

接著，她朝狼犬的身上猛撲，將他撲倒在雪地上，朝狼犬的頸背位置猛力一咬。兩隻前後任艾爾帕就這麼在雪地上打滾，彼此相互啃咬、咆哮。麥基默默守在一旁，準備好隨時幫領袖一把。

看樣子甜心現在一點都不需要我伸出援手。

幸運於是轉而將注意力轉往飛羽身上。短刀用他那有力的前腿將他壓制在地時，小猛犬忍不住發出哀號。短刀在他的耳朵上造成的撕裂傷噴濺出了鮮血。飛羽拚了命掙扎，卻沒法掙脫對方的壓制，驚慌地發出吠叫聲。

幸運立刻衝向飛羽身邊。**幼犬已經向甜心的狗幫證明他的忠誠。他值得我們對他伸出援手；他現在已經是荒野狗幫的一員。**「撐著點！」

「急著上哪去？」是刀鋒的貝塔，麥斯。他強而有力的結實身體阻擋了幸運的去路。飛羽仍舊不停發出吠叫、尋求支援，但是幸運一點都幫不上忙。他想法子從麥斯身旁開溜，但是猛犬儘管壯碩，身手卻十分矯健。他朝幸運的方向猛撲過去，張大嘴發出咆哮，齒間流淌著唾沫。

他倆一陣扭打後，幸運弓起背，逃出麥斯的壓制。布魯諾前來協助，他齜牙咧嘴，向對方不斷咆哮，儘管他與幸運聯手出擊，仍難以招架猛犬發動的猛力攻擊。麥斯不斷朝他們猛攻，將他們逼往河邊。

飛羽再度發出驚慌的嗥叫聲。

這時，幸運見到了一個淺褐色的身影奔往短刀壓制幼犬的樹下。是貝拉！她朝短刀的方向衝過去，用她強有力的後腿將短刀的頭撞向樹木。

飛羽立刻趁機逃出猛犬的壓制，躲到貝拉身邊，看著短刀顫抖著身體起身。

幸運的腿部閃過一陣刺痛感，目光移往麥斯身上。刀鋒的貼身護衛佔了上風，趁幸運毫無防備的空檔，撕裂幸運曾在洞穴內遭狼犬攻擊過的腿部舊傷。空氣裡傳來了血腥味，幸運的腳步一陣踉蹌，頭暈目眩、痛苦不堪。他耳朵裡聽到脈搏不斷跳動著，喉嚨乾渴。過了一會兒後，大地一片昏暗，彷彿地面的積雪融化，太陽之犬消失無蹤。

一陣瘋狂的吠叫聲傳進了幸運的耳朵，他這才回過神來。麥斯被一群狗撲倒在地。幸運看見耳語的灰色尾巴受了傷。他在一片飛舞的雪花中認出其中還包括布魯諾、雷克和月亮在內。他們齊力將麥斯壓制在地，令他動彈不得。幸運重新站穩腳步，內心則因爲荒野狗幫的成員們，彼此肩並著肩英勇作戰的團結力量而大受感動。

也許，我們最後真能戰勝刀鋒的狗幫……

幸運拖著腳在雪地上行走時，被一個粗壯如樹幹的東西絆倒。是隻猛犬倒臥在雪地上，她兩眼睜開、粉紅色的舌頭從下顎吐出，腹部的傷口汩汩地流著鮮血。

戰爭的首位犧牲者。

幸運不知道這隻狗的名字，內心不禁感到一陣悲傷。**我們為何得進行這場戰役？沒有任何一隻狗應該為此犧牲**。他提醒自己這一切都是猛犬咎由自取。**我們並不希望戰爭開打**。

他舔舔腿上的傷口，望著河岸邊血淋淋的景象。狗兒們彼此激戰，一片紛飛大雪之中，各種毛色的狗兒彼此相互廝殺。雪白的世界染紅了一片，空氣中瀰漫著濃重的血腥味。眼前這一幕跟夢境所見簡直如出一轍。更糟的是……這是一場眞實發生在同伴身上的爭鬥，這群被他視爲家人的夥伴。

遠處的河岸邊傳來了哀號聲，幸運跳起身，臉上一陣抽搐，想要前往加入戰局。他匍匐向前，在大雪中眨眨眼睛。耳語遭到兩隻猛犬的攻擊。身形瘦弱的灰狗不斷前後閃躲，試著正面迎向敵人的攻擊，保護脆弱的側身。他的攻擊對象不斷朝他靠近，露出嘴裡的尖牙。耳語眼見就要受到殘酷的對待！幸運完全顧不得腿上的傷，發出咆哮，準備撲向攻擊耳語的猛犬。

就在同一時間，雷霆朝攻擊耳語的另一隻攻擊犬猛撲過去，她將對方壓制在地、咬住他的脖子，將尖牙咬進對方的頸部，用力甩動，彷彿咬住兔子一般。猛犬的眼睛向外突起，嘴巴不斷喘著氣，唯一發出的聲響則是鮮血從頸部噴出的聲音。鮮血不斷從喉嚨的傷口噴出後，雷霆往後一退，倒臥在她腳底的猛犬不久便命喪黃泉。

原先與幸運扭打在一塊的狗兒，掙脫開來，瞠目結舌地望著雷霆的舉動，心懷恐懼。「雷霆的威力銳不可擋，」她倒抽一口氣說。「我們恐怕無法贏得這場戰役！」大型棕黑犬嚇得竄逃離開，尾巴緊貼在身體的一側，消失在一片大雪之中。

雷霆從斷氣的猛犬方向轉過身去對耳語說。「你沒事吧？」

幸運忍不住替小猛犬感到驕傲。她大膽且毫無懼色，是個真正的戰士，對自己的狗幫展現無比的忠誠。

耳語驚訝地望著雷霆。「感謝天犬！你又救了我一命！」

一陣悲傷的嗥叫聲響起。幸運倏地轉身，領著雷霆和耳語前往懸崖邊，他們的腳在染了鮮血的雪地上打滑，就連天空似乎也染紅了一片。微光中，片片落下的雪花令人感到毛骨悚然。

幸運的目光沿著懸崖邊緣搜尋，試著找出哭喊聲的來源。接著，他瞥到雀絲的身影，她是崔奇狗幫裡的小黃狗，此時正躲在石頭底下渾身發顫。小波就倒臥在她身旁。這隻貝塔的前腿留著一道深深的傷口，嘴唇從臉上掀了開來。儘管他已經斷氣，臉上猙獰的表情像是在咆哮，牙齒裸露在滿是鮮血的牙齦中。

幸運見到這一幕不免一陣退縮，喉嚨嚐到了膽汁的氣味。雀絲抬起頭望著他。小狗渾身顫抖得厲害，咬字含糊不清。「刀……刀鋒，」她勉強擠出字眼。「她……殺死了小波！」

雪地裡傳來了刀鋒尖細的聲音。「我肯定會再大開殺戒。」

雀絲嚇得想要登上石頭，立刻被幸運阻止。「不！」他奮力大喊。小狗過度悲傷沒了頭緒，很容易因此喪命。

刀鋒帶著恫嚇的態度走向幸運，怒視著他。「我現在終於有機會跟這隻城市混混一決生死。」她壓低身子，準備猛撲向前。幸運的心臟撲通撲通地加速跳著。他的腿受了傷、血流如注，他感到有些頭暈目眩，肯定沒有足夠的力氣跟刀鋒一較高下。

這時候，他的腦中想起了森林之犬，以及雪地森林裡的寂靜。**祢總是不斷庇佑著我。充滿智慧的神靈之犬，如果祢願意展現奇蹟，請再次救我一命。**

此時，頭頂突然傳來墜落聲，一顆大石頭從懸崖上往下墜落，就這麼落在刀鋒腳邊。她受到驚嚇，立刻往後一跳。頃刻，她宛如變成了另一隻狗似的——驚恐的雙眼瞪得好大。「大咆哮！」她倒抽一口氣。「發生了！」

爭鬥的場面瞬間靜止了下來，所有的狗兒們都佇立在原地不動，身體因喘氣而劇烈起伏。

「發生了大咆哮嗎？」達特一臉驚恐問。

「是地犬發出了震怒！」短刀說。

猛犬狗幫的成員們開始吠叫，荒野狗幫的幾名成員也跟著加入，大家簡直嚇壞了。幸運立刻將雀絲從刀鋒的跟前撞開。待他們與刀鋒相隔一段距離後，幸運便停下腳步，對空氣一陣嗅聞。他似乎感覺不到任何震動，他的腳底似乎穩穩地踩踏在雪地上。

森林之犬真的聽見了我的祈禱？他透過紛飛的大雪望向懸崖的頂端。難道會是……？覆蓋在岩石上的積雪像是緩緩移動著，接著消失無蹤。**這一切無關森林之犬——陽光！**

他記起自己對她說過的話：**狗兒的責任將以不同的形式展現。但是我的責任何在？**他不禁再次納悶著。

刀鋒似乎從一陣驚嚇中回過神來。「那群鼠輩準備逃走了！」她放大音量喊道。「快阻止他們！」

猛犬狗幫的成員們立刻整軍，準備朝荒野狗幫展開致命攻擊。在大雪紛飛中即將展開一場浴血之戰。史奈普與麥基背對背，想要保護彼此，卻受到大軍的包圍。老狗布魯諾傷勢嚴重，仍奮戰不懈，卻幾乎拖不動自己的後腿，臉部表情也因爲痛苦而扭曲著。崔奇則是死守著崗位、英勇抗敵，他以後腿站立，牙齒用力朝對方猛咬，用僅存的前腿向對方揮去，但是眼見他逐漸筋疲力竭。

幸運不禁感到一陣恐懼、呼吸急促。猛犬狗幫的戰鬥力簡直銳不可擋。雷霆沿著河岸邊急奔過幸運時，他還因此被推往一旁。

他緊跟在她身後問。「雷霆？雷霆，怎麼回事？」

接著，幸運才見到了眼前這一幕：前任艾爾帕與兩名猛犬狗幫的成員在結冰的河水邊緣將瑪莎團團圍住。他們朝她的側身一陣猛咬，瑪莎一失足，幾乎站不住腳。一大片長長的黑色毛髮落到了沾滿血跡的雪地上。

「快拿下她的性命！」其中一隻猛犬喊道，狼犬則用肩膀朝瑪莎身上猛烈撞擊。另外兩個猛犬狗幫的成員不斷朝她身上猛咬，他們的口鼻沾染著鮮血。黑色大狗對眼前的攻擊毫無招架之力，其中一隻後腿癱軟，猛犬們則在一旁發出勝利的吠叫。

「離她遠一點！」雷霆大聲咆哮。她跳往狼犬的身體後方，用牙齒咬住他的脖子，由於力道過猛，猛犬們嚇得往後一退。只見雷霆更加用力咬，深紅色的鮮血就這麼噴濺到沾滿汙泥的雪地上。狼犬發出哀號，用力掙脫開來，跟著一群猛犬夾著尾巴逃命。

「懦夫！」幸運大喊。

「我要殺了他！」雷霆厲聲喊道。

幸運輕輕拍了拍她的身體。「瑪莎遇到大麻煩……」

大黑狗趴躺在地、急喘著。身上的傷口流淌著鮮血，她把頭埋進她的前腿間，趴躺在地休息，但她卻顯得平靜異常、呼吸漸緩。

接著，她的目光與幸運相接，平貼的黑色耳朵豎起。「雷霆上哪兒去了？」她喘著氣說。「她沒事吧？」

雷霆的雙眼充滿著恐懼。她蹲伏在雪地上，鼻子緊貼著瑪莎的臉龐。「我在這裡。」

大黑狗舔了舔雷霆的鬍鬚。「很好，」她以低沉、安撫人心的聲音說。「你已經長成既強壯又有勇氣的成犬。我們都以你爲傲。」

雷霆的模樣看起來不再像隻致命的攻擊犬。她在幸運眼前彷彿變成那隻喚作恬恬、弱不禁風的幼犬，一心只想證明自己、渴求被愛包圍。「那是因爲你相信我辦得到，」她發出嗚咽說。

瑪莎的雙眼閃爍著光芒。「繼續保有對狗幫的忠誠，成爲一隻堅強與善良的狗。」

「這些都是我從你身上學到的，」雷霆對她說。「你對我就像母親一般慈愛。我需要你，我需要你從旁提醒著我。」

「你並不需要我的提醒。堅強與善良已經成爲你的特質。」瑪莎逐漸闔上雙眼。

幸運難過得渾身發顫、如鯁在喉，只能在一旁無助地望著雷霆驚慌失措的臉龐，不停地以鼻子磨蹭著大狗。

瑪莎緩緩睜開眼睛。她的聲音就跟紛飛的白雪一般輕飄飄的。「我就要追隨河水之犬而去、重獲自由……我會一直看顧著你以及狗幫其他成員。」她的尾巴一陣抖動後，便倒臥在雪地上，永遠地闔上雙眼。

雷霆發出一陣刺耳的嗥叫聲，倏地站起身。「這一切都是刀鋒造成的！都該怪她！」幸運還來不及上前阻止她，她便迅速轉過身去，奔向河岸邊。她站到結冰的河面上，四肢彆扭地來到河水中央，雙眼燃燒著怒火、頸背高聳。

「你上哪兒去了，刀鋒，可悲的懦夫？有種的話，快出來面對我！」

第二十二章

眾狗衝向河岸邊。猛犬狗幫與荒野狗幫的成員們彼此啃咬、咆哮，大家在一陣推擠扭打中看見雷霆後紛紛終止打鬥。荊棘跟著爬上結冰的河岸邊。

「我們也來幫忙！」她大聲嚷嚷著。

甲蟲緊跟在她身後。「你不會單獨應戰！」

「我只想跟刀鋒單挑，」雷霆大喊道。「你們快退回到岸邊——**拜託**。我知道你們想幫忙，但這是我跟刀鋒之間的恩怨。」

幼犬們不情願地爬回覆蓋著白雪的岸邊，月亮正在河岸邊焦急地等待。

幸運從眾狗間擠出一條路來。「河上的冰……隨時會裂開！你沒必要這麼做，雷霆！」

雷霆的臉毫無懼色，她站在河中央，怒視著河岸邊。「我**非得**這麼做不可，幸運，」她回應。「該是把這件事做個徹底了斷。」

刀鋒沿著河岸邊走來，無視倒臥在一旁早已斷氣的瑪莎。她的目光望著雷霆說。「你這隻幼犬終於肯出來面對我，我還以為你想一輩子躲著我。」

站在河岸邊觀戰的衆狗們一陣緘默。

雷霆皺縮著鼻子說：「我期待這一刻很久了。現在是把一切做個了斷的時候，你殺害我的手足以及如母親般待我的瑪莎，我還要替其他慘遭你無情殺害的狗兒們報仇。」

刀鋒站在結冰的河面朝前走了一步，結冰的河面裂開一道縫隙，幸運的耳朵向後豎起，納悶結冰的河面是否能夠承載她的重量。河面的結冰層一定夠厚實，裂開的隙縫迅速密合，刀鋒不斷朝雷霆的方向走去，兩隻猛犬最後彼此面對面站著，相互對峙。

刀鋒率先出擊，她朝雷霆的方向猛撲過去，兩隻狗的身體在河面上疊在一塊。她們在冰上打滑，扭打成一團。集結在岸邊的狗兒們則紛紛發出吠叫，替雷霆或是刀鋒打氣。

幸運將前腿擱在覆蓋著白雪的河岸邊，渾身緊繃。天空呈現一片銀白色，大雪依舊不斷落下，難以看清究竟戰況如何。刀鋒將雷霆推倒在結冰的河面上，壓制著她，朝她的臉龐咬去。雷霆不甘示弱地掙脫開來，她滑向一旁，腳爪朝刀鋒的後腿猛力一揮，大狗便重重摔落在結冰的河面上。

幸運豎起耳朵。他瞥到一個熟悉的灰色身影沿著懸崖邊緣，在大雪中前進。**前任艾爾帕在打什麼主意**？

幸運望著狼犬正沿著高突的岩石，穿過厚厚的大雪，朝下游的結冰河面靠近。**他想要對扭打的雷霆和刀鋒發動突襲**。

其他狗兒並未察覺到狼犬的動作，他們的目光全都集中在眼前的打鬥。狼犬隔著一層大雪，加上與大家相隔了一段距離，幾乎沒有一隻狗看見他。不過，幸運卻清楚地在大雪之中見到，狼犬的灰色身影正逐漸朝扭打成一團的兩隻狗兒壓低身子，朝她們逼近。

此時，雷霆用力把頭一扭，撕裂刀鋒其中一隻尖耳朵。只見刀鋒痛苦地哀號，把頭用力朝雷霆撞去，幼犬便因此翻滾過結冰河面，朝岸邊的岩石方向滑去。

突然間，狼犬從岩石後頭一躍而起，來到雷霆身後，調整他的長鼻子，咬住了雷霆的喉嚨。

藏匿在河岸邊觀看這一幕的幸運嚇傻了。刀鋒還待在結冰河面的另一側，而雷霆在狼犬的壓制下拚命掙扎。在這千鈞一髮的時刻，所有的狗兒們都怔住不動。就連紛飛的大雪似乎也停止落下，彷彿在半空中止住不動的雪花，宛如透明石般閃爍著光芒。恐懼傳遍幸運全身。**事情不該如此發展！**這場刀鋒與雷霆間的最後戰役，眼見在狼犬卑劣的突襲行動下將迅速告終，幼犬明顯處於劣勢。瑪莎與小波也將白白犧牲。

刀鋒將戰勝雷霆之犬。

冷冽的空氣閃過一道陽光，太陽之犬發出最後一道光芒，照亮森林裡的群樹。**他一直都在——神靈之犬從未遺棄過我們**。幸運突然茅塞頓開。他知道自己該怎麼做。

這正是我的職責所在。

狗兒們再度沿著河岸邊發出吠叫，大雪繼續落下，前任艾爾帕正齜牙咧嘴，準備朝對手咬去。霎時，幸運飛跳過河岸邊，滑進結冰河面。他用盡全身力氣朝狼犬衝撞，將他從雷霆的背上撞開。雷霆之犬將展開一場公平的對決——不論現在有任何天大的事阻擋在她們面前。

狼犬重重摔落在河面上，卻迅速站起身，怒不可遏。「混街頭的傢伙！我要怎麼做才能擺脫掉你？」他朝幸運受傷的那隻腿猛衝，但是幸運卻猛撲向前，準備朝對方迎頭痛擊。他的牙齒兇猛地朝對方的身上咬去，咬傷對方後，趕在狼犬對他發動攻擊前，迅速一閃，盡可能混淆對手的視聽。

狼犬眨了眨眼睛。「我的身體比你強壯，肯定能打贏你，你將會喪命在結冰河面上，遠離你熟悉的城市，就算苦苦哀求再耍任何花招也沒用。」

幸運一陣惱怒。**他想嘗嘗被耍花招的滋味？我就讓他嘗嘗！**正當狼犬正要向前朝他猛撲時，幸運大喊一聲，接著猛衝向一旁。他發出呼號，及時閃避狼犬的攻擊。他聽見荒野狗幫的成員們激動地吠叫。

麥基的叫喊聲竄了出來。「別找幸運的麻煩！這一點都不公平！」

「他根本沒資格跟我打，」狼犬竊笑。

幸運見到他鬆懈心防，於是猛力往前衝，用盡全身的力氣，用牙齒猛咬住狼犬的身體。「我比你所想的還有資格跟你打鬥！」幸運鬆開嘴，發出一聲咆哮後，再度向前猛衝。

前任艾爾帕在一陣驚嚇中，發出痛苦的哀嚎。他掙扎著起身，但是他的長腿卻在結冰的河面上打滑，一陣踉蹌後，他的頭猛烈撞擊在冰上。

他試著再次起身，但是他的腳打滑，往後摔落在結冰河面。幸運踩踏在他的身上，狼犬卻變得懦弱。「求求你，」他啞著嗓子哀求。「我不該向猛犬狗幫靠攏。別殺我！」

站在河岸邊的眾狗們瘋狂地吠叫。他們的聲音陷入一陣喧鬧中，但是幸運卻清楚地聽見貝拉的聲音。「你不能相信他的話！」

幸運躊躇猶豫一番。狼犬的確不值得他的同情，但是他摔落在地，一副可憐兮兮的模樣。幸運覺得自己的怒氣消了大半，他甩動身上的毛髮，瞇起眼睛。「現在立刻消失在我眼前，永遠不要再讓我見到，不管是在這裡，或是出現在我們的營地，也不能在森林或是寬闊湖水的岸邊。如果你答應永遠不再出現，我願意放你一條生路。」

「我答應你！」狼犬急忙回答。「我不會再出現在你的面前。」他掙扎著起身，轉身離開。幸運深深嘆了一口氣後，接著想起雷霆，於是轉過身去，看見她跟刀鋒重新開始打鬥。在一片大雪中，她們成了一團黑影，紅色的鮮血噴濺在雪白的積雪上。

幸運突然感覺肩膀一陣痛楚，他倒抽一口氣——看見狼犬正毫不留情地咬住他。幸運倏地轉身，將對手來個過肩摔。

前任艾爾帕重重摔落在地，發出劇烈聲響，他的頭也因爲力道過猛而扭曲偏斜。艾爾帕倒臥在地一動也不動——難道他又在耍什麼花招？——幸運猶豫了一會兒後，步上前去，朝狼犬一陣嗅聞。他的脖子因為受到猛烈撞擊而折斷……死了。

幸運嚇得往後一退。艾菲死亡的畫面閃過他的眼前。狗幫的前任艾爾帕毫不留情地殺死小狗。現在，狼犬卻摔斷脖子，倒臥在結冰的河面上，血流不止。

難道這就是艾菲在我夢境中留下的線索，他的死讓我們走上這條命運安排的路……？

艾菲的死，讓幸運有機會擊敗狼犬。打從艾菲喪命後，他與前任艾爾帕就注定要進行一場打鬥——現在他們之間的爭鬥結束了。

幸運虛弱地緩緩越過冰面，他渾身疲憊不堪，尚未抵達岸邊，就摔倒在一堆積雪上，氣喘吁吁地望著仍舊爭鬥不休的猛犬。他很想上前幫助雷霆，但是即便他能夠插手，他也打心底知道她們必須分出個勝負。他突然感覺到不知誰在舔舐他身上的傷口，於是一陣退縮。

貝拉朝他眨眨眼睛，她臉上的表情透露著關心。「你不會有事的，亞普。」她繼續小心地舔舐著他身上的傷口。

「謝謝你，嘰喳，」他喃喃喚著她的小名，就像她也以小名呼喚著幸運一般。他感到有些頭暈，耳朵裡不斷傳來兔子奔逃的腳步聲。他的目光絲毫不敢離開刀鋒和雷霆。他必須集中精神……

「必須給地犬獻上鮮血作爲獻祭品！」刀鋒大聲喊道。

雷霆驕傲地抬起頭，牙齒滲出血。「你簡直大錯特錯！這一切跟地犬一點關係也沒有！你聲稱能跟神靈之犬交談，替他們發言。你才不是什麼先知——不過是隻只會霸凌狗幫成員的瘋狗。」她像巨毛怪那般以後腿站立，兩隻眼睛發了狂。「我才是地犬與河水之犬名符其實的子嗣。地犬已經見了太多的流血事件。她已經受夠了——我們全都受夠了！」雷霆說完這番話才放下前腿。

冰層龜裂的聲響令簇擁在河岸邊不斷發出吠叫的狗兒們靜默了下來。結冰的河面宛如透明石般頓時碎裂開來，兩隻猛犬就這麼落入水中，濺起巨大的水花。

幸運趕緊衝向河邊，貝拉緊跟在他的身後，狗兒們簇擁在幸運四周不斷吠叫。幸運見到結冰的河水底下，兩個黑色的身影依舊扭打在一塊兒。他屏住呼吸，感覺到自己頭痛欲裂。其中一個黑色身影開始往下沉，身上不斷冒出鮮血。另外一隻狗則浮出了結冰河水的表面——但會是誰呢？會是刀鋒的壯碩身軀與狂野的雙眼現身在他們的面前嗎？恐懼令幸運的胸口緊繃不已。

最後，雷霆鑽出碎冰間的縫隙，連忙大口呼吸。幸運見到雷霆把腳掌搭在碎冰上頭穩住自己的身體，這才鬆了一口氣，一時之間還感覺到有些頭暈目眩。就在他準備趕往雷霆的身邊時，河岸邊卻傳來一聲嗥叫。他迅速轉過身去，看見短刀受到巨大的驚嚇，變得像隻幼犬般，退開河岸邊一段距離，渾身癱軟地倒在其他在場圍觀這場爭鬥的猛犬身上。

「刀鋒沉到河水底下！」短刀上氣不接下氣地說。「我們的偉大領袖殞落了！」

震驚不已的呼號聲不斷沿著河岸邊傳來。「刀鋒沉入水底！刀鋒死了！」

短刀甩甩身上的毛髮，似乎冷靜不少。「走吧，猛犬們！這裡已經沒什麼值得我們留戀的。」他從河岸邊掉過頭去，步行離開。在場的其他猛犬們跟著列隊前進，追隨身強體壯的猛犬進入森林。只有麥斯沒跟上隊伍。這隻大狗的脖子上留著一道傷痕，血流如注，他的步履蹣跚地走了幾步後，便倒臥在地，眼神呆滯地凝望著天空，不久便斷了氣。

幸運迅速回頭望向河邊，看見雷霆開始朝覆蓋在河岸邊的積雪方向爬去。他鬆了一口氣後，這才回頭望著猛犬們撤離此處。

「等等我呀！」一個熟悉的聲音發出呼喊。

幸運見到懷恩從一棵樹的後方鑽出來時，心裡很不是滋味。**他肯定一直躲在那地方**，幸運不禁一陣作嘔。

短腿小狗緊跟在撤退的猛犬隊伍後方。「短刀！讓我加入隊伍，我可以幫上忙！」

幸運從一片大雪紛飛中，見到短刀停下腳步。刀鋒的貼身護衛根本懶得扭過頭去。「你根本**一無是處**，小畜生。」他大聲咆哮。「你敢再靠近一步，我會讓你知道你能幫上什麼大忙。」猛犬繼續前進，帶領著他的狗幫朝染紅成一片的地平線前去。

懷恩怔住不動，一臉不確定地四處張望。

甜心走到他身邊，露出嘴裡的尖牙說。「滾開！」她大聲嚷道。「這裡不歡迎你，**叛徒**。」

陽光從石頭後面蹦出，趕往甜心身邊，氣憤大喊。懷恩仍待在原地躊躇猶豫著。

「你聽見我們艾爾帕說的話了！快滾出這裡！」陽光衝到這隻眼睛突出的小狗面前，露出她的小尖牙。懷恩發出吠叫聲後，使勁地用他的小短腿奔往上游的方向。陽光這才心滿意足地搖擺著她的尾巴。

幸運從嘴裡吐出舌頭，他實在無法對這隻小狗抱以任何同情。**他背叛了狗幫……一切都是他咎由自取。**

河裡傳來了巨大的碎裂聲，幸運轉過頭去望著雷霆，不由得驚呼。眼看著雷霆就要登上岸邊，但是腳底踩踏的冰卻裂了開來。

我還以為她已經脫困！他心想，內心恐懼不已。**我為何沒有上前幫她？**

幸運無助地望著承受不住雷霆的重量而裂開來的冰塊。一陣掙扎之後，雷霆又再次落入結冰的河水。幸運感到一陣驚慌。

這事不可能會發生！

他趕緊奔往河邊，壓低身體。他朝河水伸長了脖子，及時咬住雷霆的脖子，她拚了命地在水裡掙扎，但是幸運太過虛弱沒法將她從水裡拉出來。

「她不能死，」幸運嗚咽著，他的腳掌刺痛不已。腦袋裡不斷傳來兔子疾走奔逃的腳步聲，因此根本沒聽見身旁同伴發出的吠叫。他在朦朧中見到甜心、雷克、耳語和月亮趕往河邊。貝拉也離開他身邊，前往加入大家的行列，飛羽也前往加入救援，他的黑色頭顱消失在水面底下。

幸運望著大家，眼神充滿懇求。栓鍊犬、荒野狗幫的成員……崔奇的狗幫，就連猛犬全都加入救援行列，前往搭救年幼的雷霆。**他們絕不會放任她在水裡淹死。他們不會見死不救……**

他對此很有信心，他清楚地知道。雷霆一定會獲救。

腳底的刺痛感蔓延至他的全身。他闔上眼睛，想像著剛才見到的雪景，耀眼的光芒照亮了群樹。

第二十三章

幸運一瘸一拐地走上懸崖。寬闊湖水在他的身後拍打著海浪，發出嘆息，海浪不斷沖刷著沙灘。大雪最後終於停止落下，卻在大地上覆蓋著厚厚一層白色的積雪。白雪在河岸邊堆得高高的，遠處的小鎮上長爪們的建築物頂端和崎嶇的懸崖也都堆滿了雪。空氣清新，冷風刺骨。

甜心退守在一旁，等候著幸運。她磨蹭著他的耳朵。「你沒事吧，我的貝塔？」

他舔了舔她的長鼻子，尾巴緩緩搖擺著。「我剛才睡了一會兒，現在好多了。」

甜心帶領著狗幫的成員們，緩緩登上堆滿雪的懸崖，小心翼翼準備返回他們的營地。崔奇的狗幫跟著他們一塊兒前進，大家儘管筋疲力竭，內心卻充滿著勝利的喜悅。幸運的望向雷霆。儘管身上受了傷，她仍抬高著頭，跟著大家往前走。

幸運抬起頭望向天空。月亮之犬躲藏在厚厚的雲層後方，微弱的光芒卻穿透了雲層，讓眼前的景物發出銀白色的光芒。

我們辦到了！我們戰勝了雷霆之犬。狼犬喪命、河水之犬也帶走了刀鋒。猛犬們宛如飽受驚嚇的幼犬，嚇得四散逃逸。

刀鋒看錯了雷霆——對第三次大咆哮將會發生的預言判斷錯誤。

踩踏上最後一塊岩石後，幸運站在懸崖的至高點，腳底踩踏著白色的積雪，望著營地外圍。在冰凍的積雪下，他感覺到自己踩踏在由地犬守護的堅實土地。神靈之犬此時正安然入夢。等到冰雪冬季一過，春暖花開的季節到來，地面冒出新芽。樹木將開滿花，鳥兒們啁啾唱著歌。幸運不禁感受到未來充滿了希望，胸中流過一絲暖意，就像在夢境中所見到的那般。

眾狗們集結在低矮的樹叢底下，待在荒野狗幫的營地深處，彼此相互依偎取暖。

甜心低下頭對崔奇表達敬重之意說，「我的狗幫成員們對於你們提供的幫助深表感激。」幸運跟其他同伴們對此紛紛表示贊同，甜心繼續說，「你的狗幫成員們充滿榮譽感又忠誠，對小波的死我感到十分遺憾。」她轉過身望向崔奇的狗幫成員雀絲，小狗的眼睛腫到睜不開來，幸運不知道她的眼睛是否還能看得見。

甜心嘆口氣。「有些成員受傷嚴重。你們爲了我們做了重大的犧牲，荒野狗幫的成員們因此重獲自由，這都得感謝你們。」

崔奇低下頭默許。「我們很榮幸能夠跟你一塊兒奮勇抗敵。你是個堅強的領袖，甜心。我知道我的狗幫成員們是受到了你的勇氣鼓舞。我們很難過失去了貝塔，以及一直英勇奮戰到最後的瑪莎。」

雷霆發出嗚咽，朝幸運身上蹭過去，他舔了舔她的耳朵。他的內心一想起那隻深諳水性的大狗，不免感到一陣悲痛。投向河水之犬懷抱的她，現在很安全，他對自己說。

他記起當初大咆哮剛發生後，他帶領著栓鍊犬們離開大城市時，瑪莎暗自歸屬河水之犬的決心。起初，她的個性十分嚴肅、拘謹，但在她見到了河川後，她的個性變得完全不同。她宛如一隻幼犬般興奮地跳進水裡，拼命拍打著蹼爪。她總是覺得待在水中讓她感到自在——如此貼近河水之犬。

崔奇壓低身子說。「我想過我們的狗幫彼此合作無間——簡直是天生的戰友。此外，還是很好的同伴。」

眾狗們聽完這番話莫不大加贊同。

崔奇說話時，鬍鬚顫動了一下。「我不認為我的狗幫應該重返森林。」他溫柔的棕色眼瞳望著甜心的眼睛。「你願意接受我們加入你的狗幫嗎？我們將承諾效忠於你，服從你的帶領與所有的命令。」

幸運開心地發出歡呼，甜心則站起身來。「你們當然可以加入我們，」她搖著尾巴說。

崔奇趴躺在地，露出他的肚子顯示他的服從之意。甜心步上前去，以前腿摩擦他的胸前。接著，她後退幾步，讓崔奇起身。

他抬起頭來，驕傲地以三條腿站立。「謝謝你，艾爾帕。」他的狗幫成員們紛紛發出歡呼聲，荒野狗幫的成員也跟著加入歡呼的行列。

等到大家安靜下來後，甜心轉身去對飛羽說。「歡迎你也一起留下來，」她對小猛犬說。「面對刀鋒的發狂，你展現出英雄般的氣魄。我希望你能夠快快樂樂地在我的狗幫裡生活。」

飛羽趴躺在地，把頭貼近地面。他壓低嗓音說。「謝謝你，艾爾帕。我將會服從一切命令，努力證明我對你的忠誠。還有你，貝塔。」

幸運朝他抬高了頭。**感謝天犬庇佑，我們對飛羽的信任沒有看走眼。**

貝拉伸出她的金黃色前腿，笑鬧地拍拍幼犬的耳朵。「你沒必要如此焦躁與嚴肅。甜心不像刀鋒是個暴君，幸運則一點也不像麥斯或是短刀！」她搖擺著尾巴說。「甜心是個不可多得的艾爾帕，幸運則是最善良的狗了，這點你可以相信我。」

幸運的內心感到一陣驕傲，望著他的伴侶和他的妹妹彼此交換帶著敬意的眼神，他也不禁跟著搖擺他的尾巴。

麥基突然站起身大喊。「是獵物！我聞到了！」他開始朝站立的地方一陣抓扒，狗兒們急切地朝他身上嗅聞。

「他說的對！」布魯諾跟著加入扒開泥土的行列。

史奈普鑽進挖開的洞裡，搖擺著嬌小的身體，鑽進洞內。過了一會兒，她才探出頭來。「是兔子！」她氣喘吁吁說。

兔子身上沾染著泥土的新鮮氣味竄進幸運的鼻子，他忍不住舔起嘴。他站開一段距離，因爲他實在太過虛弱，一點都幫不上忙，只能看著獵犬們紛紛採取行動。

月亮、雷克和貝拉在樹叢間穿梭，嗅聞著兔子巢穴的出口，史奈普則更起勁地挖掘著地面，敏捷靈活的身體不斷朝土裡向下挖掘。三隻肥美的兔子從樹叢間逃出時，她興奮地大聲喊叫。兔子們發現自己遭到眾狗包圍紛紛亂了步伐。麥基和布魯諾抓到了兩隻兔子，立刻朝牠們的頸部咬下去。另外四隻兔子從出口逃到雪地上，被守在洞口的貝拉、雷克和月亮活逮。其中一隻兔子趁月亮打了個噴嚏時，掙扎著逃跑了。另外一隻兔子越過雪地，跳走了。但是貝拉和雷克仍抓到兩隻兔子，趁著牠們的身體還溫熱時堆疊到獵物堆上。

「這肯定是地犬發出的指示，」甜心對大家宣告。「祂對我們的表現感到高興，希望我們能夠留在這裡，在寬闊湖水之上，建立我們的家園。」

眾狗紛紛大表贊同，搖擺著尾巴。

幸運餓得飢腸轆轆，現在正值冰雪冬季，能夠獵捕到四隻兔子可說是大豐收。狗兒們望著甜心，等候領袖率先享用獵物，填飽她的肚子。

甜心將其中兩隻兔子推往端坐一旁的崔奇、布魯諾和黛西面前。「大家今天都辛苦了。現在不急著舉行慶祝儀式。今天晚上，大家一塊兒享用食物吧。」

幸運開心地喘氣，心裡對甜心更加愛戴。她做出十分正確的決定——換做狼犬絕對不會這麼做。幸運想起前任領袖內心就感到緊繃，但是他迫使自己放鬆心情……

沒必要內心依舊帶著這樣的仇恨，他告訴自己。**他為自己的背叛付出了代價。現在只有神靈之犬能夠回應他——我不該在他喪命後仍對他抱有成見。**

狗兒們立刻大快朵頤。寧靜的空氣中，只傳來咬碎獵物骨頭與開心喊叫的聲響。

甲蟲伸出他的舌頭舔了舔黑色的口鼻。「我眞是不敢相信，雷霆多麼驍勇善戰，」他壓低聲音對自己的手足說。

「她稱得上是隻名符其實的神靈之犬！」

荊棘吃驚地睜大了雙眼。「她藉由地犬以及河水之犬的力量殺死刀鋒！」

幸運望向雷霆的方向，小猛犬肯定聽到了這番話，她坐立難安，不敢直視幸運的雙眼。

她感到難爲情，他心想。大家幾乎沒注意到雷霆跟甲蟲和荊棘的年紀相當。儘管她十分英勇且活力充沛，但其實她不過是隻幼犬。

他上前緊緊偎著她。「別在意小傢伙們說的話。我知道這背後的眞相——你是憑藉自己的戰鬥技巧和決心才打敗刀鋒。」

雷霆垂下耳朵，尾巴微微擺動了一下。

幸運將前腿殘餘的兔肉舔舐乾淨。他知道他那番話能夠替雷霆帶來安慰，但是他卻暗自懷疑。

她在結冰的河面上與刀鋒面對面時，神色看來十分篤定——宛如受到神靈之犬的指示。

至少，從此不必再討論雷霆的歸屬問題。**沒有任何一隻狗比她更屬於這裡**，幸運心想。**她已經多次證明了她的勇氣與忠誠。她歷經許多挑戰，她的旅程才正要開始。哪天她當上艾爾帕，我也不會感到驚訝。**

雲層散去，既圓又亮的月亮之犬現身。甜心將狗幫的成員們集結至山谷間的中心，雪地一路蜿蜒向上。大家聚攏在一塊兒，彼此分享大嗥叫。幸運望著眼前的面孔，有的早已熟識，有的卻是新面孔……貝拉、麥基、雷霆、崔奇、陽光、耳語，還有在場其他狗幫的成員全都集結在此。

他的腳底流過一陣暖流，身體變得輕盈。感覺到與狗幫的成員們緊密相連，大家為求生存奮戰不懈，團結一致擊敗了猛犬狗幫。

伴隨著大嗥叫的音量加大，站在幸運身旁的狗兒們逐漸變得模糊，積滿了白雪的山谷緩緩升起一道微微的光暈。迷霧中，四隻神靈之犬現身其中：天犬、森林之犬、河水之犬和地犬。祂們全都聚集於此，保護著狗幫的安危。另外站在祂們身旁的還有四隻幼犬。幸運曾夢見過這幾隻幼犬。他屏住呼吸，望著其中一隻棕黑犬抬起她的頭，直盯著幸運瞧了好一會兒才消失。

幸運長嘆了一口氣，讓內心的暖意以及成員的嗥叫聲籠罩住他。他想像著神靈之犬一路雀躍地跳往山谷，朝向蓊鬱的森林蹣跚地前進。一群狗兒跟在祂們身後昂首闊步。幸運突然覺得他的頭變得輕盈，他認出這群狗當中有艾菲、蒙奇、春天和小波。

費瑞緊跟在他們身後，身旁蹦跳著一隻毛茸茸的小狗——他是費瑞和春天失去的幼犬法茲。接著，幸運還見到了瑪莎，她在長長的雜草間上下跳躍，她一邊奔跑一邊繞著圈打轉，遠遠被拋在後頭。她像是跟在這群狗的身後，卻又突然止住腳步。一個棕黑色的幼犬身影搖搖擺擺地在雪中行走。他的小短腿奮力在草叢間穿梭。當他見到瑪莎時，他的尾巴用力擺動著，整個身體跟著左右搖擺。

拉拉……

瑪莎充滿慈愛地舔著幼犬，接著他倆便連忙跟上艾菲、費瑞、法茲、蒙奇、春天以及小波的腳步。幸運的好友們全都跟著神靈之犬一道離開了。他們遠離了冰雪冬季的厚厚積雪，越過青青草地，前往總是散發著和煦陽光的漫漫夏季。

大嗥叫終止了。

「你們看！」崔奇喊道。「寬闊湖水上方出現一道光芒！」

幸運與其他成員越過積雪，前往懸崖，小心翼翼地避開崩塌的懸崖邊緣。他們清楚見到一道明亮的光線掠過寬闊湖水，投在他們的營地方向。

「這道光意謂著什麼？」耳語喃喃問道。

月亮凝視著眼前的光線，眼瞳發出迷濛的藍色光芒。「或許是神靈之犬傳遞給我們的訊息。」

幸運記起當初他們被猛犬狗幫包圍時，投射在寬闊湖水上頭的光芒。「我想這道光線應該來自懸崖附近高聳的條紋建築。」他回想起這棟建築孤獨地佇立在岸邊，遙望著寬闊湖水上頭不斷拍打的浪花。

「這是指長爪們將要回到這裡嗎？」貝拉問。

雷霆原先低垂的耳朵突然豎起。「回來的不是長爪們，而是瑪莎，她履行了她說過的承諾，看顧著我們。」

或許這兩個答案都沒錯，幸運心想。**如今地犬已經恢復往昔的平靜，長爪們或許會想要重返家園。但是狗幫的成員們已學會堅強，我們不會有事。**幸運凝望著眼前不斷掠過水面的光芒。**不論發生任何事，我知道瑪莎都會信守諾言——她將一如往常地看顧著雷霆以及狗幫的所有成員。**

海面上的光芒不再閃爍，但是懸崖頂端並非漆黑一片。月亮之犬依舊靜靜地飄浮在清冷的天空。身邊有眾多同伴簇擁在身旁，幸運感覺到十分溫暖。他舔了舔雷霆的耳朵之後，轉身望向依偎在他身旁的甜心。

我該把在夢中看見我們孩子的事告訴她嗎？他納悶著，內心想著要再見到他們一面。

他緊貼著甜心，卻沒有多說些什麼。他感覺到此刻任何言語都顯得多餘，至少，好好享受今晚這片刻的寧靜。不久，太陽之犬將升上天空，開始嶄新的一天。深埋在積雪下的土地裡正準備冒出新芽。儘管營地的樹木全都光禿一片，毫無生命跡象，等到天氣變得暖和些時，枝椏上肯定會結出新的花苞。霎時，幸運心裡十分確定——等到春暖花開的季節到來，他的孩子們也將陸續出世。

貝拉望著他的眼睛，朝他開心地眨眨眼，幸運也回望她的目光。他聽見耳邊傳來寬闊湖水的浪花，不斷拍打著沙灘的聲音。那段獨行之犬的時光彷彿離他好遠好遠，大咆哮將長爪們嚇得拔腿離開，永遠改變了這個世界。也許，終有一天長爪們會回到這裡，事情將變得不一樣。但在此之前，荒野狗幫的成員們終於能夠享受著眼前專屬於他們的平靜。他們將能夠自在地在這片土地上獵食與休憩，自由自在地生活。

幸運闔上雙眼，感受著狗幫帶給他的安慰，聆聽著他們進入夢鄉後傳來的鼾聲。此刻，他擁有了心靈所屬的一塊淨土，簇擁在他身旁的好友們安全無虞。

這一切，不正是他一直以來夢寐以求的目標。

國家圖書館出版品預編目資料

狗勇士. 6, 風暴來襲 / 艾琳・杭特 (Erin Hunter) 作 ;
盧相如譯. -- 二版. -- 臺中市 : 晨星, 2020.07
面 ;　公分. -- (Survivors ; 6) (狗勇士首部曲 ; 6)
譯自 : Survivors #6: STORM OF DOGS

ISBN 978-986-5529-19-2 (平裝)

874.59　　　　109007172

狗勇士首部曲 6

風暴來襲 STORM OF DOGS

作者	艾琳・杭特（Erin Hunter）
譯者	盧相如
責任編輯	郭玟君
校對	郭芳吟
封面插圖	萬伯
封面設計	鐘文君
創辦人	陳銘民
發行所	晨星出版有限公司 行政院新聞局局版台業字第2500號
總經銷	知己圖書股份有限公司
地址	台北市106 辛亥路一段30 號9 樓 TEL：02-23672044 / 23672047 FAX：02-23635741 台中市407 工業30 路1 號 TEL：04-23595819 FAX：04-23595493
E-mail	service@morningstar.com.tw
晨星網路書店	http://www.morningstar.com.tw
法律顧問	陳思成律師
承製	知己圖書股份有限公司 TEL：(04)23581803
初版	西元2015年05月31日
二版	西元2020年07月15日
郵政劃撥	15060393（知己圖書股份有限公司）
讀者服務專線	04-23595819#230
印刷	上好印刷股份有限公司

定價260元

（缺頁或破損的書，請寄回更換）

ISBN 978-986-5529-19-2

狗勇士

親愛的大小朋友：

感謝您購買晨星出版的書籍。即日起，凡填寫此回函並附上郵資55元（工本費）寄回晨星出版，就可以獲得精美好禮乙份！

打★號為必填項目

★購買的書是：狗勇士首部曲之六：風暴來襲

★姓名：＿＿＿＿＿＿＿＿ ★性別：□男 □女 ★生日：西元＿＿＿年＿＿月＿＿日

★電話：＿＿＿＿＿＿＿＿ ★e-mail：＿＿＿＿＿＿＿＿

★地址：□□□ ＿＿＿＿ 縣／市 ＿＿＿＿ 鄉／鎮／市／區

＿＿＿＿ 路／街 ＿＿ 段 ＿＿ 巷 ＿＿ 弄 ＿＿ 號 ＿＿ 樓／室

職業：□學生／就讀學校：＿＿＿＿ □老師／任教學校：＿＿＿＿

□服務 □製造 □科技 □軍公教 □金融 □傳播 □其他 ＿＿＿＿

怎麼知道這本書的呢？

□老師買的 □父母買的 □自己買的 □其他 ＿＿＿＿

希望晨星能出版哪些青少年書籍：（複選）

□奇幻冒險 □勵志故事 □幽默故事 □推理故事 □藝術人文

□中外經典名著 □自然科學與環境教育 □漫畫 □其他 ＿＿＿＿

你最喜歡哪隻狗勇士？為什麼？

填寫線上回函，立即獲得晨星網路書店 50 元購物金！

請黏貼
8 元郵票

407　台中市工業區30路1號
晨星出版有限公司

TEL：（04）23595820　FAX：（04）23550581
e-mail：service@morningstar.com.tw
http://www.morningstar.com.tw

請延虛線摺下裝訂，謝謝！

SURVIVORS 首部曲之 VI
貓勇士
風暴來襲